JN430491

고고하게
걷길

# 고고하게 걷길

서해문집 청소년문학 040

초판 1쇄 발행 2025년 12월 20일

지은이　김한아
펴낸이　이영선
책임편집　조유진 김종훈

편집　이일규 김선정 김문정 김종훈 이현정 조유진
디자인　김회량 위수연
독자본부　김일신 손미경 정혜영 김연수 김민수 박정래 김인환

펴낸곳 서해문집 | 출판등록 1989년 3월 16일(제406-2005-000047호)
주소 경기도 파주시 광인사길 217(파주출판도시)
전화 (031)955-7470 | 팩스 (031)955-7469
홈페이지 www.booksea.co.kr | 이메일 shmj21@hanmail.net

ISBN 979-11-94413-74-5 43810

서해문집
청소년문학
040

# 고고하게 걷길

김한아 장편소설

서해문집

| 차례 |

1 ............................................. 9

2 ............................................. 39

3 ............................................. 64

4 ............................................. 84

5

6

7

작가의 말

171

156

131

103

# 1

잠에서 깼다. 핸드폰을 열어 시간을 확인했다. 기상 알람이 울리기까지 시간이 많이 남아 있었다. 오늘은 토요일 '시인공감'이 있는 날이다. 시간, 인간 그리고 공간의 공감을 줄인 말인 '시인공감'은 근교 박물관의 고분 전시관에서 주관하는 청소년 대상 고고학 프로그램이다.

요가 매트가 깔린 바닥에서 스트레칭을 한 뒤 욕실로 향했다. 마우스피스를 긴 탓에 욕실 거울에 비친 내 모습은 삐져서 입이 잔뜩 나온 원숭이 같다. 마우스피스를 입에서 꺼냈다. 밤새 내 입 속의 평화를 위해 애쓴 흔적이 얇고 부드러운 플라스틱에 희고 끈적거리는 액체로 남아 있었다. 한동안 마우스피스를 사용하지 않아도 될 정도였는데 다시 이갈이가 심해졌다. 눈썹 위가 빨갛다. 예닐곱 살 혹은 더 어렸을 때 생긴 상처를 꿰맨 자국인데도 긁어서인지 방금 난 상처처럼 보인다.

샤워를 마쳤을 때 알람이 울렸다. 기상 알람이기도 기억 작동 알람이기도 하다. 핸드폰 화면에 떠 있는 '기억'이라는 글자를 보자 나도 모르게 '휴'와 '후우' 사이의 한숨 소리가 나왔다.

'시인공감' 첫 시간에 박물관에서 나눠 준 다이어리 안쪽 표지에 **'나만의 테마'**라고 쓰여 있었다. 정우정이라고 자기를 소개한 책임자 선생님은 크고 쾌활한 목소리로 나만의 테마는 지금 즉흥적, 직감적으로 떠오르는 것으로 정해 보라고 했다. 가장 먼저 기억 그리고 엄마가 떠올랐다. 아니 엄마라는 단어가 떠올랐을 뿐 엄마 김이영에 관한 생각은 아니었다. 눈썹 위 상처가 가려웠다. 손가락 끝으로 문질러도 가려움이 사라지지 않았다. 손톱을 세워 긁고 있는데 정우정 선생님이 이어서 말했다.

"앞으로 나를 프랜 쌤으로 불러 줘. 내 이름은 앞으로도 우정 뒤로도 우정이잖아." 프랜 쌤의 윗입술이 특이하다는 걸 알아차렸다. 윗입술과 인중이 맞닿은 곳이 작고 도톰한 하트 모양이었다. 하트 모양은 얼굴인식불능증이 있는 내가 프랜 쌤을 알아볼 수 있는 표식이 될 것이란 생각에 안도감이 들었다.

거울이 뿌옇다. 손으로 거울을 쓱 닦았다. 손이 지나간 자국을 따라 얼굴의 부분 부분이 보였다. 오른쪽 눈썹 위 꿰맨 자국을 쓸었다. 쓰라려 표정이 살짝 구겨졌다. 거울 속 나 역시 표정이 구겨진다. 욕실 문이 벌컥 열렸다.

"이모님! 왜? 또 왜?"

"왜긴! 보고 싶어서. 나 조카 바보잖아." 이모가 히히거리며 웃었다.

"닳도록 보시든가요."

"오늘은 한도량 초과랍니다." 앞치마를 아무렇게나 벗어 던지고 종종거리며 방으로 들어가는 이모의 뒷모습을 봤다. 이모에게 아침 시간은 조카 바보 놀이를 즐길 정도로 한가롭지 않다는 것을 안다. 여전히 이해할 수 없는 이모의 불안감이 나에게로 옮겨 온다. 아니, 나의 불안감이 이모에게 옮겨 간 것이 먼저일 수도.

식탁 위에 김 가루에 굴린 동그리 김밥이 있었다. 한입에 쏙 들어가서 외출 준비를 하며 집어 먹기 좋았다. 알람이 울렸다. 자전거를 이모 차에 실어야 할 시간이다.

"알람, 오늘은 십 분 빠르네?" 이모가 벽시계를 보며 말했다.

"이모 차 상가 동 앞에 세워져 있어서, 지금 자전거 실어야 제때 출발할 수 있어."

현관을 향해 빠르게 걸으며 이모는 지금 어이없다는 표정을 짓고 있을 거라는 생각을 했다.

"삼 분도 안 걸…." 문이 닫히며 이모 목소리가 멀어진다. 자전거를 이모 자동차에 딸린 짐칸에 실었다. 박물관에 갈 때는 이모 차를 타고 가지만 '시인공감'이 끝나면 자전거를 타고 '고고하게 걷길'을 달려 이모의 직장인 버드나무 도서관으로 가야 하기 때문이다. '고고하게 걷길'은 버드나무 도서관과 박물관 사이에 있는 고고학 산책로 이름이다. 박물관과 도서관은 자전거로 30분 거리다.

이모 차를 타고 박물관에 가는 동안 머리가 지끈거려 아무런 말 없이 차창에 머리를 대고 있었다.

"또 이갈이가 심해진 거야?"

이모 말에 나는 아주 조금이라고 엄지와 검지를 맞댔다.

"고민 있어? 혹시 악몽 꾸니?"

"그런 거 없어. 시인공감이 신경 쓰여서 그래."

이모를 봤다. 별다른 특징이 없는 얼굴이다. 늘 입던 강아지 털 옷도 입지 않았고, 늘 하던 단발머리 대신 올림머리다. 전과는 다르게 목소리 톤도 높아졌다. 이모를 이루는 많은 것이 변했어도, 이모만큼은 언제 어디서나 헷갈리지 않게 됐다. 이모만의 냄새와 이모만의 눈빛과 이모만이 주는 친밀함 때문일 것이다.

이모와 살기 시작하고 처음으로 마트에 갔을 때였다. 마트에서 나는 길을 잃었다. 보호자를 찾는다는 방송을 듣고 나를 찾으러 온 이모를 전혀 알아보지 못했다. 나를 잃어버린 이모는 미친 사람처럼 보였다. 머리는 엉망이었고 한쪽 팔만 끼운 상태인 외투는 바닥에 질질 끌리고 있었다. 우는지 말을 하는지 알 수 없어 소리를 지르는 것처럼 들리는 목소리 때문에 무섭기까지 했다. 이모라고 하지만 전혀 이모 같지 않았다. 담당자의 신분증 요구에 정신을 차린 이모가 외투를 제대로 입고 나서야 강아지 털옷을 알아볼 수 있었다. 강아지 털옷은 이모다. 이모에게 뛰어가 와락 안겼다. 그날 이후 이모는 오랫동안 머리 모양도 사용하는 향수도 바꾸지 않았고 나와 외출할 때는 사계절 내내 강아지 털옷을 입거나 챙겨 다녔다. 내가 이모를 헷갈리지 않게 됐을 때 이모는 머리 모양도 향수도 바꿨지만, 강아지 털옷만은….

"이제 강아지 털옷 버릴 때 되지 않았어?"

"갑자기? 너한테 물려줄까?"

"싫어. 절대 싫어. 절대라는 말 함부로 하는 거 아니라는 말도 소용없어. 절대 싫어."

갑자기 열을 내서인지 멀미 기운이 확 올라왔다.

"멀미해?"

"엉!"

"장난인데 열 내니까 그렇지. 말 안 시킬게."

잠이 들었는지 이모가 나를 부르는 소리에 눈을 떴다. 핸드폰을 확인하니 알람 시간이 지나 있었다. 이런 적이 없었는데. 이모가 내 손을 탁 쳤다. 또다시 나도 모르게 눈썹 위를 긁고 있었다.

"좀 더 자라고 알람 내가 껐어. 늦을 거라고 걱정하지? 절대 늦을 일 없어. 봐! 벌써 도착했잖아."

"이따 봐!"

"우리 가나, 걱정을 걱정해서 걱정이 없어지는 거면 걱정 없이 살겠네에." 이모가 혀를 쑥 내밀어 나를 놀리고는 차를 출발했다.

이모 차가 시야에서 보이지 않을 때까지 손을 흔들었다.

오늘 '시인공감'에서는 외부 강사 강연과 발굴 체험이 예정돼 있다. 강연이 있는 시청각실로 갔다. 나보다 먼저 온 아이가 있었다. 그 아이는 고개를 숙이고 뭔가에 집중하는 중이었다. 그 아이와 조금 떨어진 곳에 자리를 잡았다. 그러다 실수로 헬멧을 떨어뜨렸다. 시끄러운 소리가 나자 그 아이가 고개를 들어서 내 쪽을 봤다. 안경이었다. 얼굴 반을 가릴 만큼 몹시 크고 동그란 검은색 뿔테 안경을 끼고 있어서 안경이라고 이름 붙인 남자아이. 안경이 이 프로그램 참가자라는 걸 오늘 처음 알았다. 안경이 미소 지었다.
'뭐야! 나를 알아본 건가? 아니지 그때도 웃었지. 쟤도 얼굴 기억 못 하나? 그래서 일단 웃고 보는 건가?' 나는 복잡한 마음을 감추고 미안하다고 짧게 말했다.
안경을 처음 본 건 2주 전쯤 우리 아파트에서다. 검도가 끝난 뒤 샤워를 하지 않아 옷도 갈아입지 않은 상태였다. 그날따라 통이 넓고 긴 검도복이 다리를 감아 들었다. 페달을 밟기가 어려워 자전거에서 내렸다. 아파트 내 산책길 끝에 있는 정자 근처였다. 정자는 나무들로 둘러싸여 있어 밖에서 안이 잘 보이지 않는다. 그래서 그런지 담배 피우는 청소년이나 여자들의 발길이 끊이지 않는 곳이었지만 그때는 너무 조용해 아무도 없는 줄 알았다. 갑자기 말소리가 들리기 전까지.

"감기는 어때?"

"나야 잘 지내지."

"언제쯤 학원에 나올 수 있어?"

처음에는 누군가 전화 통화라도 하는 줄 알았는데 그게 아니라는 걸 곧 알 수 있었다. 숨을 크게 내쉬는 소리가 들리고 "할 수 있어!"라는 말도 들렸다. 조금 더 시간이 흐른 뒤에 애처로울 정도로 심하게 떨리는 목소리가 들렸다.

"고, 고 신우! 가, 감기는, 너도 참 감기에 다 걸리고… 나, 나는 네가 보고, 아니 걱정이 돼서… 내 걱정이 무, 무섭다고?"

정자 바로 앞 동의 1층 창문이 열렸다. 남자아이가 고개를 내밀고 정자 쪽을 바라보며 소리를 질렀다.

"변태 새끼! 내가 쉽지? 한 번만 더 친한 척 굴면 진짜 죽을 줄 알아! 구경났냐? 뭘 봐!"

고개를 얼른 돌렸다. '쾅!' 소리가 났다. 창문 닫는 소리였다. 그때 빽빽한 울타리 나무 사이로 뭔가 쑥 올라왔다. 내 또래로 보이는, 얼굴 크기에 비하면 몹시 크고 동그란 검은색 뿔테 안경을 낀 남자아이. 다시 볼 일이 있을까 싶었지만, 남자아이가 끼고 있는 안경 때문에 다음에도 알아볼 수 있을 것 같았다. 안경은 나와 눈이 마주치자 미소 지었다. 웃을 상황이 아닌데 웃는다. 난처하기도 불편하기도 했다. 시선을 내리자 앞코에만 흙이 잔뜩 묻은 흰색 운동화가 보였다. 어떤 마음이었을지 짐작이 됐다. 안경이 서 있던 곳 바닥에 뭔가 떨어져 있는 듯했다. 자세히 보니 손바닥 크기의 수첩이었다. 고개를 들어 주변을 살폈지만 안경의 모습은 보이지 않았다. 자전거 핸들을 잡은 손 위로 굵은 빗방울이 한 방울 떨어졌다. 수첩 위로도 굵은 빗방울이 떨어지더니 곧바로 스며들어 자국이 남았다. 표지에 코팅이 돼 있지 않았다. 자전거를 세워 두고 수첩을 집어 들었다.

집에 들어오자마자 수건으로 수첩을 닦았다. 표지를 넘겨 수첩 안쪽이 젖었는지 확인했다. 다행히 젖지는 않았다. 표지 안쪽에 두 명의 남자아이가 여러 표정과 자세를 취하며 찍은 인생네컷 사진이 붙여져 있었다. 한 명은 안경이었고 하트로 표시된 남자아이는 아마도 아까 본, 입이 거친 그 남자아이, 고신우라고 했던가? 그 남자아이일 거라는 생각이 들었다.

너를 처음 보았을 때부터 내가 너를 좋아하게 될 걸 알았어. 너를 본 순간부터 내 심장은 뛰는 법을 처음 알게 된 것처럼 요동쳤고 나의 청각은 너의 낮고 굵은 목소리에 주파수가 맞춰진 것 같았어. 네 냄새를 찾는 나의 후각은 짐승의 그것만큼 예민하다. 내가 너를 좋아해도 되는 것일까? ☊

한 장을 더 넘겨 볼까 싶었지만 일기 같아서 그만두었다. 밤에라도 안경이 수첩을 찾으러 오면 어쩌나 걱정이 들었다. 있던 장소에 놔둬야 할 것 같았지만 비가 내리고 있어서 그럴 수 없었다. 일기 예보를 보니 새벽에는 비가 그치는 것 같았다. 알람을 설정하고 잠을 잤다. 알람이 울렸을 때 밖을 보니 비는 내리지 않고 있었다. 재빨리 울타리 나무 아래에 수첩을 가져다 놨다. 학교에서 돌아와 그곳에 다시 갔을 때 수첩은 보이지 않았다.

알람이 울렸다. 강의 시작 5분 전이다. 핸드폰 설정을 무음으로 바꿨다. 앞문이 열리고, 프랜 쌤과 어떤 여자가 들어왔다. 프랜 쌤은 강사 선생님이라며 그분을 소개했다. 아동 문학을 하는 작가이고 이름은 '노엘라'라고 했다. 이름이 좀 특이하다고 생각할 때 강사 선생님이 노엘라는 가톨릭 세례명이라고 말했다. 외모에서 내가 기억할 만한 특징은 없었지만 부드러운 느낌이 나는 사람이었다. 엘라 선생님은 우리 모두는 어떤 면에서는 소수자에게 상처를 줄 수 있는 존재이고 어떤 면에서는 소수자가 돼 상처를 받는 존재라는 말로 '어쩌면 우리는'이라는 제목의 강연을 마무리했다. 이후는 질문 시간이었다. 어떤 여자아이가 동성애자에 관해 말하고 싶다고 했다.

"어떤 말은 입 밖으로 나오는 순간 혐오 표현이 됩니다. 누군가에게 상처를 줄 수 있는 말은 안 하는 것이 좋을 것 같아요." 엘라 선생님이 조심스럽고 낮은 목소리로 말했다.

"동성애는 자연스럽지 못한 것이에요. 그래서 반대합니다. 고칠 수 있는 병인데 고치지 않는 건 잘못이지요. 동성애자들은 빨리 치료를 받았으면 좋겠어요."

분위기가 술렁거렸다. 나도 모르게 안경을 봤다. 안경은 고개를 숙인 채 꼼짝도 하지 않고 있었다. 옳지 못한 행동이나 말에 대해 침묵을 지키는 것은 계속 그래도 된다고 하는 것과 같다. 나는 침을 한 번 꼴깍 삼키고 손을 들었다.

"동성애는 병이 아닙니다. 이성애자에게 이성애가 당연하듯 동성애자에겐 동성애가 자연스러운 것이라고 생각합니다." 어느새 고개를 들어 나를 바라보는 안경의 눈이 몹시 크고 동그란 검은 안경테 속에서 안경알만큼이나 커졌다.

"동성애는 찬성과 반대를 할 수 있는 것이 아니라고 배웠습니다." 어떤 여자아이가 잠시 흐르던 침묵을 깨고 말했다.

"있는 그대로의 모습을 부정하는 것 자체가 혐오라는 것을 알게 됐어요." 어떤 남자아이가 말했다.

"사랑하는 여러분! 시인공감 제대로 하고 있네요." 뒤쪽에서 프랜 쌤의 크고 시원시원한 목소리가 들렸다. 뒤돌아봤을 때 프랜 쌤은 양손을 들어 올려 공중에서 반짝반짝하며 큰 보폭으로 앞쪽을 향해 걸어오는 중이었다. 프랜 쌤은 계속 손을 흔들며 빙그레 미소를 지었다. 그 모습을 보던 엘라 선생님도 빙그레 웃으며 손을 들어 올려 반짝반짝했다. 수어 박수. 얼마 안 돼 더 많은 손이 공중에서 반짝반짝했다. 눈으로 보는 소리는 왠지 흩어지지 않고 어디 한 곳에 모여 같은 곳으로 흘러가는 느낌이었다.

화장실에 다녀왔더니 책상 위에 샌드위치와 배 음료, 발굴 키트가 놓여 있었다. 발굴 키트 내용물은 내가 하는 발굴 게임 도구들과 달랐다. 땅을 파는 데 꽃삽은 필요할 것 같았지만 꼭 필요할까 싶은 문구용품들도 있었다.

야외 발굴 체험장은 박물관 옆 산과 연결되는 곳에 있었다. 그늘막이 펼쳐진 체험장에 짙은 선글라스를 낀 프랜 쌤이 먼저 와 기다리고 있었다. 바람이 불 때마다 그늘막이 흔들거렸고 드리워진 그림자 역시 가볍게 움직여 나른한 느낌이 들었다.

"드디어 기다리고 기다리던 실전 같은 체험을 하게 됐네요. 이론으로 기본기는 다졌고 실전으로 들어가 보도록 합시다."

프랜 쌤 말이 끝나기 무섭게 아이들 몇몇이 피트 안으로 들어가려고 했다.

"오어! 쌤 말 아직 안 끝났는데. 성급함은 실수를 부르지."

프랜 쌤은 발굴할 때는 꽃삽을 땅과 수직이 아니라 수평으로 두고 얇은 막을 걸어 낸다는 생각으로 움직이다가 다른 질감의 뭔가 보이거나 느껴지면 멈추라고 했다. 미지의 세계가 눈앞에 '딱!' 나타나는 순간에는 심장이 벌렁거려 정신을 차릴 수 없을 테니, 깊게 심호흡을 한 뒤 유물이 다치지 않게 꽃삽을 눕혀서 흙을 긁어내라고 했다. 지금 묻혀 있는 건 모형이라 파손될 위험은 적지만 실제 유물은 햇빛과 공기를 만나는 순간 급격하게 약해지니 아주 조심스럽게 흙을 걷어 내야 한다고도 했다. 유물이 모습을 드러내면 붓으로 흙을 제거한 뒤 사진을 찍고 자로 유물의 길이와 폭을 잰 다음 눈으로 확인되는 색상이나 특징 등과 함께 자세하게 기록해야 한다는 설명도 들었다. 유물의 시간과 공간을 기록해 출생증명서 비슷한 것을 만들어 주는 거라며.

"사진이 있으면 꼼꼼한 기록은 필요 없을 것도 같은데요?"

"발굴은 보존보다는 파괴에 가까운 행위야. 그래서 우리에게는 딱 한 번의 기회만 있어. 아무리 자세하게 기록한다고 해도 유물은 원래의 상태와는 분명 달라지지. 발굴은 안 할수록 좋은 거고 애정이 없는 발굴은 도굴과 같을 뿐이라고 생각해. 한 명당 유물도 한 점씩. 인원수에 맞춰 세팅된 거라 유물 한 점을 발굴하면 바로 멈춰야 한다. 천천히 그리고 집중해서 땅을 파면 느껴지는 것이 있을 거야. 여러분만의 테마를 찾는 시간이 됐으면 좋겠어."

수평으로 흙을 긁었다. 땅을 팔수록 흙의 색과 질감이 달라졌다. 얼마 지나지 않아 누군가 보물 발견이라고 외치며 손을 흔들었다. 그 모습을 본 프랜 쌤이 어디에서 어떤 모습으로 발굴됐는지 기록을 남겼냐고 물었다. 그 아이가 머리를 긁적였다.

"이 유물은 영문도 모른 채 쑥 뽑혀 나와 버렸네."

"빨리 보고 싶었어요."

"네 테마가 즐거움이어서 그런가? 그래, 그 마음 너무 잘 알지. 이 동전은 중국에서 사용한 시기가 확실한 경우라 예외인데 만약 다른 유물이었다면 되돌릴 수 없는 실수라고 할 수 있어. 고고학 유물은 발견된 장소, 같이 발굴된 친구 유물로 시간과 의미를 알수 있거든. 고고학자가 가져야 하는 책임감을 기르는 시인공감이 됐으면 좋겠다."

꽃삽 끝에서 지금까지와는 다른 느낌이 전해졌다. 꽃삽을 옆으로 눕혀 흙을 조금씩 긁어냈다. 흙과 비슷하지만 다른 느낌의 무언가가 보였다. 유물인 것 같았다. 흙을 좀 더 걷어 냈다. 실에 꿴 적갈색 구슬들이 보였다. 장면 하나가 떠올랐다. 셀 수 없이 많은 구슬이 바닥에 떨어졌다가 다시 튀어 오르는 모습, 빗소리 같은 소리. 나의 기억일 수도 영화나 드라마에서 본 장면일 수도 있다는 생각이 들었다. 완전히 모습을 드러낸 구슬도 흙 속에 파묻혀 있는 구슬들도 있었다. 사진을 찍고 수첩에 자세하게 기록했다. 기회는 딱 한 번뿐이라는 프랜 쌤의 말이 귓가에서 떠나지 않았다. 나는 내 기록만 봐도 어떤 유물인지 알아볼 수 있을 정도로 자세하게 기록한 뒤 목걸이에 남아 있는 흙을 조심스럽게 털어 내 프랜 쌤에게 가져갔다.

"이 유물은 마한 시대 고분에서 발굴된 유리구슬 목걸이야. 마한 사람들은 금이나 은보다 구슬을 더 사랑했다고 해. 특히 적갈색 구슬이 마한인의 최애였대. 발굴 당시에는 이런 완벽한 형태의 목걸이 모습이 아니었어. 구슬을 꿴 실이 삭아 없어져 구슬들이 사방으로 흩어져 있는 상태였지."

"이렇게 작은 구슬을 어떻게 찾을 수 있었어요? 크기가 작아 흙과 섞이면 알아볼 방법이 없는 것 같아서요." 내가 물었다.

"찐사랑을 해야 비로소 보이는 거거든." 프랜 쌤 말에 여기저기에서 "우! 우! 우!" 하는 소리가 났다.

"셀 수 없이 많은 사람 중에 자기가 사랑하는 사람이 있단 말이지. 단박에 찾아내지 않아?" 몇몇 아이들이 "아니오!"라고 대답했다. 프랜 쌤은 양어깨를 으쓱하더니 눈에 보이는 구슬들을 먼저 발굴하고 흙과 섞여 눈에 보이지 않는 구슬들은 체질로 골라낸다고 했다. 체질을 하게 되는 흙의 양이 트럭 한 대분이나 됐다고도 했다.

"어마어마한 흙 속에서 쌀알 크기의 구슬을 찾는다는 건 사랑의 힘인 것 같아요."

"넌 테마가 기억이지? 방금 구슬을 발굴할 때의 느낌과 마음의 흐름을 따른다면 네가 닿고자 하는 기억에 닿을 수 있을 거야." 프랜 쌤 말에 고개를 끄덕였다.

이제 피트 안에는 안경만이 남아 있었다. 프랜 쌤이 발굴된 유물들을 훑어본 뒤 완형이 아닌 조각이 남아 있을 거라고 말했다. 프랜 쌤 말을 듣고 있던 안경이 파헤쳐지지 않은 곳으로 자리를 옮겨 다시 삽질을 시작했다. 그 모습을 본 누군가가 말했다.

"헛삽질 오지네."

"실제 발굴에서 유물이 안 나오는 경우도 많아. 그렇다고 헛삽질은 아니지. 어떻게 보면 과정이 더 중요하니까." 프랜 쌤이 웃으면서 말했다.

　얼마 지나지 않아 안경이 삽질을 멈추고 아래로 고개를 깊숙이 숙였다. 그리고 수첩에 뭔가를 기록하더니 핸드폰 카메라로 사진을 찍었다. 유물을 발견한 것 같았다. 안경이 일어섰다. 잔뜩 수축돼 있던 용수철이 튕겨 오른 느낌이다. 안경의 키가 크다는 걸 잊고 있었다. 안경은 프랜 쌤에게 유물을 건네기 전에 한 번 더 조심스럽게 붓질을 했다. 안경의 손이 떨리는 것이 보였다.

　"지금의 나." 프랜 쌤 말에 안경이 고개를 끄덕였다. 안경의 테마인 것 같았다. 프랜 쌤은 바구니 안에 이미 있던 유물을 꺼내더니 안경이 발굴한 조각과 붙여 보이며 구멍 토기라고 말했다. 토기에 꽤 큰 구멍이 뚫려 있었는데 구멍에 대나무나 갈대 같은 빨대를 꽂아 액체를 담는 용기로 사용했을 거라고 했다.

　"두 개가 왜 멀리 떨어져 있었어요?" 안경이 질문했다.

　"유물은 완벽한 모습보다는 파손돼 조각들로 발견되고 조각들도 흩어져 있는 경우가 많아. 조각들은 주변에서 함께 발견되기도 하지만 멀리 떨어진 곳에서 각자 발견되기도 하지."

　"그럼 서울에서 발굴된 유물의 다른 조각이 외국에서 발굴되기도 하나요?" 어떤 남자아이가 물었다.

　"아주 불가능한 일은 아니지. 어떤 동경의 조각들이 해남 땅끝과 제주도에서 따로 발굴된 경우도 있었거든."

　"연인들이 사랑의 증표로 한 쪽씩 나눠 가졌던 것일 수도 있겠네요?" 안경이 질문했다.

"그럴 수도 있겠지. 시인공감에서는 여러분의 무한한 상상을 팍팍 밀어준단다." 프랜 쌤이 웃으면서 팍팍 밀어주는 흉내를 냈다.

발굴 체험이 끝나고 실내로 들어왔다. 프랜 쌤이 현장 답사 조편성을 발표했다. 지금 발표하는 조는 '시인공감'이 끝날 때까지 같고 조원은 무작위로 뽑았다고 했다. 나는 마지막 조였다. 다른 조들은 모두 조원이 네 명이었는데 우리 조만 나를 포함해 세 명, 안경과 얼굴에 별 특징이 없는 여자아이 한 명이었다. 확실하게 알아볼 수 있는 안경과 같은 조가 돼 다행이었지만, 안경은 그렇지 않을지도 모른다는 생각이 들었다. 안경의 목걸이 이름표에 '행복중 3, 도시훈'이라고 쓰여 있었다. 여자아이 목걸이 이름표에는 학교 이름 없이 '김민주'라는 이름만 쓰여 있었다. 학교에 다니지 않는가 보았다. 셋 다 아무런 말없이 가만히 있었다. 둘러보니 다른 조 아이들은 서로 전화번호를 교환하고 있었다.

"전번 알려줘." 핸드폰을 민주에게 내밀었다. 민주가 내 핸드폰을 채듯 가져가더니 신경질적으로 번호를 입력했다. 민주의 핸드폰 벨 소리가 들렸다. 흔한 벨 소리였다. 민주가 내 손에 핸드폰을 탁, 소리 나게 되돌려 줬다. 생각보다 큰 소리에 시훈이 괜찮냐고 물었다. 나는 얼얼한 손바닥을 허벅지에 대고 문질렀다. 얼굴이 빨개진 민주가 다른 쪽으로 서둘러 걸어가 버렸다. 시훈에게도 전번을 찍어 달라며 핸드폰을 내밀었다. 시훈의 벨 소리는 처음 들어

보는 노래였다.

"민주 전번 줄게. 같은 조니까 연락할 일 있을 것 같아서."

"내가 민주 번호를 받는 건 아닌 것 같아. 그게… 사정이 좀 있거든."

알람이 울렸다. 출발할 시간이다.

"그럼 필요하면 내가 중간에서 연락할게. 다음에 봐! 나는 이쪽으로."

"아! 그래. 비켜 줄게. 잘 가!" 시훈이 양손을 흔들었다. 세상에서 가장 중요한 이별이라는 듯 성실하게. 나도 손 하나쯤은 흔들어야 할 것 같은 느낌이 들었다. 마침 자전거 핸들을 두 손으로 꼭 움켜쥐고 있어 놀고 있는 손이 없었다. 고갯짓으로 나도 손을 흔들고 싶지만 보다시피 상황이 이렇다고 표현했다. 시훈이 이해한다는 듯 미소 지으며 손을 흔들었다.

박물관과 도서관 사이 포장된 길을 얼마쯤 달리자 '고고하게 건 길'을 알리는, 오른쪽으로 꺾인 화살표 모양 이정표가 나왔다. '고고하게 건 길' 도보 답사 때 프랜 쌤은 하마터면 2년 전에 이 천연 전시장이 사라질 뻔했던 일을 설명해 줬다. 좁은 길을 넓히고 포장을 해 문화 유적에 대한 접근성을 높이자는 주장 때문이었다. 하지만 옛길을 천천히 따라가며 만나게 되는 자연과 오래전의 인간에 의해 만들어진 인공물의 가치는 그곳에 그러하게 있어서라며 길 자체가 훌륭한 전시라는 의견도 있었다. 그 의견을 자기가 가장 존경하는 선배님이 냈고 자신을 포함해 많은 사람의 공감과 지지를 이끌어 '고고하게 걷길'이 만들어졌다고 했다. '고고하게 걷길'에서는 지역 축제 기간 동안 야외 전시가 이루어지는데 올해는 처음으로 '시인공감' 과정을 마친 청소년 큐레이터들이 전시 보조를 하게 됐다.

'고고하게 걷길'로 들어서자마자 '시인공감'을 하기 위해 헬멧을 벗고 천천히 자전거 페달을 밟았다. 이곳 지상에도 유적이 있지만, 땅속 깊은 곳에 더 많은 유적이 있다고 한다. 제일 먼저 '영동리 고분'이라는 푯말이 세워져 있는 곳에 도착했다. 평범한 언덕으로 보이는데 발굴을 끝낸 후 다시 흙으로 덮어 원래 모습으로 되돌려 놓은 상태라고 한다. 자전거를 세우고 언덕 위로 걸어 올라갔다. 내가 발 딛고 있는 바로 아래에 무덤이 있다. 이곳에서는 많은 인골이 발굴됐는데 DNA 분석 결과 모계 혈통 가족들로 밝혀졌다. 박물관 영상 전시관에 가면 '마한의 가족'이라는 영상을 볼 수 있는데 여기에서 발굴된 인골을 복원한 것이라는 설명이 있었다. 엄마와 아빠 사이를 행복하게 뛰어다니는 남자아이의 모습이 사랑스러운 영상이었다. 웃는 엄마, 웃는 아빠, 사랑스러운 아이. 나와는 아주 멀게 느껴졌다. 그들이 살았던 마한 시대만큼.

자전거로 조금 더 달리자 논둑에 홀로 서 있는 석탑이 보였다. 들판에 있는 석탑이 처음에는 좀 생뚱맞다는 생각이 들었는데 그 부근은 통일 신라 시대 절이 있었던 절터라고 한다. 석탑 주변에만 풀이 없어서 석탑을 동그랗게 감싸는 띠가 있는 것 같은 모습이다. 기념일이 되면 지금도 사람들이 이곳에서 탑돌이를 한다는 이야기를 들었다.

다시 자전거로 조금 더 달려 만들어진 산, 조산이라고 불리는 4개의 복원된 고분이 있는 고분군에 도착했다. 이곳 고분들 안에는 여러 기의 무덤이 들어가 있다고 한다. 죽은 자가 또 다른 죽은 자에게 공간을 내어 주는 이곳의 특징적인 묘제가 표현된 아파트형 고분이다. 이곳 고분들은 문화 유적이라고 해서 울타리를 만들어 출입을 막거나 하지 않았다. 죽음과 삶의 시공간은 서로 단절되는 것이 아니기에, 산 사람들도 편히 이용할 수 있게 복원했다고 한다. 맨 앞에 있는 가장 큰 고분의 봉분 위로 올라갔다. 이 고분은 나머지 고분들과는 다르게 정상이 봉긋하지 않고 편평한 네모다. 귀퉁이에는 구멍들이 있는데 제사를 지내기 위해 만든 건물을 지탱해 주는 기둥 자리로 추측된다.

알람이 울렸다. 지난번에는 알람을 설정해 두지 않아 너무 오랫동안 햇볕을 쬐어 피부에 물집이 잡혔었다. 이번에도 피부가 따가웠다. 그동안 햇볕이 더 강렬해졌다는 것을 생각하지 못하고 알람 시간을 설정한 것이 원인이었다. 고분 위에서 내려올 때 넘어지지 않으려 안간힘을 썼다. 운동화 앞부분으로 발가락이 쏠리고 허벅지와 장딴지에 힘이 잔뜩 들어갔다. 넘어지지 않으려 무릎을 굽혔다. 가야 소녀 송현이가 생각났다. 무릎뼈가 다 닳았다는, 열여섯 나와 동갑인 소녀. 그 아이는 한평생 엎드려 고된 일을 하며 시녀의 삶을 살았을 거라고 한다.

"쉽지 않은 삶이었네." 혼잣말을 하다 퍼뜩 생각났다. 쉽지 않다. 이모의 메모 노트 속에 여러 번 쓰여 있던 문장이었다. 이모는 책이나 기사 속에 있는 문장을 읽은 뒤 떠오른 생각을 메모하는 습관이 있다. 남자 친구와 헤어져서 이모가 힘든 것이 당연하다고만 생각했지 둘이 헤어진 이유를 한 번도 생각하지 않았다는 걸 문득 깨달았다.

헬멧을 쓰려다 땅바닥에 떨어뜨렸다. 오늘만 벌써 두 번째다. "자꾸 왜 이러는지 모르겠다." 나 자신이 마음에 들지 않아 혀를 찼다. 헬멧은 여기저기 흠집이 많았다. 묻은 먼지를 툭 털어 내고 머리에 썼다. 늘어진 목줄도 조였다. 자전거를 힘차게 밀며 전력 질주를 하다 날쌔게 안장에 올라탔다. 깔끔하고 완벽한 동작이었다. 그새 기분이 좋아져 휘파람을 불었다. 페달을 힘껏 밟아 자전거 속도를 높였다. 얼마쯤 달리자 멀리 버드나무 숲이 보였다. 버드나무를 흔들며 바람이 불었다. 푸른 새들이 일제히 날아오르는 모습 같았다. 버드나무 숲은 도서관 후문 쪽에 있다. 이곳에 있는 버드나무들은 수령이 500년도 넘고 둘레는 성인 세 명이 손을 맞잡아야 안을 수 있을 정도로 굵다. 초여름 나무들은 풍성하고 순한 초록 잎을 달고 있어 다섯 그루뿐이지만 숲처럼 보인다. 페달을 더 힘껏 밟았다. 햇빛을 받은 나뭇잎들이 반짝거렸다. 반짝이는 나뭇잎이 소리 없이 무한한 응원과 단단한 지지를 보내 주는 수어 박수와 닮았다는 생각이 들었다. 자전거에서 내려 숨을 깊게 들이마신 뒤 풋풋한 초록 속으로 천천히 걸어 들어갔다. 자전거 앞바퀴가, 내가, 자전거 뒷바퀴가 차례대로 초록으로 물들어 간다.

자전거를 이모 차 짐칸에 넣고 서둘러 도서관 건물로 향했다. 화장실로 들어가 세면대에 찬물을 받고 햇볕에 달궈져 홧홧한 얼굴을 푹 담갔다. 한참 뒤에 얼굴을 들어 올렸다. 거울에 비친 얼굴은 여전히 새빨갰다. 한 번 더 세면대에 얼굴을 푹 담갔다 뺐다. 좀 진정이 되는 것 같았다. 앞머리가 너무 길어 눈을 덮는다. 끝에서 물이 뚝뚝 떨어졌다. 손수건을 돌돌 말아 머리띠처럼 만들어 앞머리를 올렸다. 거울 속에 잔뜩 굳은 표정인 내가 있다. 친구들에게 데스마스크 같다는 소리를 듣곤 하는데 지금 같은 표정을 두고 하는 말이라는 것을 알 수 있었다. 화장실에서 나오자 정면에 있는 유리창 너머로 스탬프 백일장 데스크가 바로 보였다.

스탬프 백일장은 시작한 지 1년이 지난 행사이고 반년에 한 번 스탬프 문구를 바꾼다. 이번엔 책 제목만으로 문구를 정했다고 했는데 주중에 바뀌어서 나는 아직 사용해 보지 못했다. 스탬프 백일장은 다양한 문구들이 새겨진 스탬프 중 마음에 드는 것을 골라 엽서에 찍어 자신만의 글을 완성하는 방식이다. 완성한 엽서는 바로 옆 투명한 응모함에 넣으면 된다. 도서관에서는 3개월에 한 번씩 응모 작품 중 다섯 개를 엄선한다. 엄선된 작품을 스탬프 백일장 벽면에 공개해 사람들에게 받은 하트 스티커 개수에 따라 문상을 차등 지급하고 있다.

데스크 위에 스탬프 여러 개와 **'스탬프를 조합해 응모 엽서에 자유롭게 글을 써 주세요'**라고 적힌 엽서가 놓여 있었다.

아무 스탬프나 집어 들어 잉크를 묻힌 다음 손목에 힘주어 꾹 눌렀다. **'엄마에 대하여'** 파란색 잉크여서인지 달걀에 찍혀 있는 코드처럼 보였다. 달걀 코드에는 생산자, 산란일, 사육 환경에 대한 정보가 담겨 있다고 한다. 내가 가지고 있는 엄마에 대한 정보를 생각해 봤다. 달걀의 생일도 알 수 있는데 정작 엄마의 생일은 모르고 있다. 이것은 누구의 잘못도 아닌 자연스러운 결과라고 생각한다. 엄마의 생일이 의미가 있었을 땐 나는 어렸고, 엄마의 생일을 챙길 수 있을 만큼 자랐을 땐 엄마는 이미 생일이 의미 없는 사람이었으니까.

"김가나!" 이모 목소리가 들렸다. 고개를 돌리자 책을 품에 안은 이모가 보였다. 수리할 책들이었다. 이모에게 책을 받으려 팔을 뻗자 스탬프를 찍은 손목 안쪽이 훤히 보여 재빨리 손목을 틀었다.

"노약자를 돕는 훌륭한 인성의 소유자가 내 조카 아니겠냐? 나를 칭찬해!" 이모는 양팔을 가슴에 엇갈리게 두더니 번갈아 가며 팔에 연신 뽀뽀를 해 댔다. 스탬프에 관해 아무 말도 하지 않는 걸 보니 아무래도 보지 못한 모양이었다. 봤다면 잉크가 피부에 좋을 리 없다고 말했을 게 뻔하다.

"이럴 땐 내 머리를 쓰담쓰담 해야 하는 거 아니야?"

"우쭈쭈! 우쭈쭈! 내 조카 진짜 다 컸네. 이제 됐지?"

"이모님! 이 키가 다 큰 거면 진짜 나 답도 없다고요."

"키가 아니라 마음 어디쯔으으음." 이모가 입가에 미소를 띠고 눈을 게슴츠레하게 떴다. 이모의 다음 행동을 안다.

"아휴! 변태. 이모 계속 그렇게 나오면 알지?" 나는 책을 들지 않은 쪽 손으로 망치질 흉내를 낸 뒤 공중에 X자를 그렸다. 책 수리를 도와주지 않겠다는 의미다. 도서관에 있는 책들은 여러 가지 이유로 자주 망가진다. 이모가 닳고 해진 책을 수리할 때 나는 보조로 망치질을 한다. 망치질은 떨어진 책장을 고정하려고 사용한 대형 스테이플러 심의 뾰족하게 튀어나온 부분을 편평하게 해 줄 때 필요하다. 튀어나온 심을 누그러뜨리지 않으면 누구라도 다칠 수 있다. 아무도 다치지 않았으면 하는 마음으로 망치질을 한다.

"김가나! 갑질은 쪼잔하고 치사한 거다. 이런 날씨에 자전거 타는 건 무리지 않아?"

"아직은 웬만해!"

이모의 책 수리를 도운 뒤 사무실을 나와 열람실로 향했다. 어린이실 앞에 뽑기 상자가 있다. 어린이들의 책 편식을 줄여 주는 '책 뽑기'라는 북큐레이션 때 설치한 것이다. 뽑기 상자 안에는 색이 다른 공이 들어가 있고 공에는 분류 번호가 쓰여 있다. 뽑기 상자의 손잡이를 돌려서 나오는 공에 쓰여 있는 분류 번호로 책을 골라 읽도록 하는 것이 '책 뽑기'의 목적이다. 뽑기는 놀이 같아서 아이들이 좋아하지만, 분류 번호대로 직접 책을 골라 읽지는 않을 것이다. 방문한 아이들 수보다 터무니없이 많은 뽑기 공이 재사용 통에서 나오는 경우도 많다.

검색용 컴퓨터에서 고고학을 검색해 봤다. 몇 권의 책 제목이 화면을 채웠다. 《뼈의 방》이라는 제목이 눈에 띄었다. 그걸 누르자 대여 불가라고 적힌 창이 떴다. 대여 시간을 확인해 보니 방금 전이었다. 확인을 눌렀다. 검색란에 커서가 깜빡거리는 것을 보다가 옆에 있는 새 책 코너로 자리를 옮겼다. 눈을 감은 뒤 책등 위로 손가락을 옮겨 가고 있을 때 이모 목소리가 들렸다.

"책 뽑기 하고 있니?"

나는 고개를 끄덕하고 멈췄던 손가락을 다시 움직였다. 각기 다른 표지의 질감들이 느껴진다. 매끈거리는 표지, 우둘투둘한 표지, 복숭아 껍질처럼 부드러운 표지. 이렇게 해서 고른 책은 그게 무엇이건 끝까지 읽는다는 나만의 법칙이 책 편식을 막아 주는 방법이다. 손가락을 멈추고 눈을 떴다. 《슬픔의 방문》. 책 제목대로라면 슬픔은 초인종을 누르고 문이 열리기를 기다리는, 느긋하고 점잖 빼는 모습이어야 한다. 하지만 슬픔은 전혀 예상치 못한 장소, 시간에 인간의 사정 따윈 개의치 않고 멋대로 오는 것이다.

책을 뽑아 들면 슬픔이 나에게 망설임 없이 올 것 같았다. 얼른 뒤를 돌아다봤다. 이모는 머리를 숙이고 일을 하고 있었다. 규칙에

어긋나는 행동이지만 다시 눈을 감고 손가락을 옮겨 갔다.

"오늘은 시간 좀 걸리네?" 이모의 목소리가 들렸다. 사실 이모가 나를 계속 보고 있었던 것인지도 모르겠다는 생각이 들어 얼른 책을 뽑아 들었다.

《너와 나의 세미콜론》. 외국 작가가 쓴 청소년 소설책이다.

책을 가지고 늘 앉는, 버드나무 숲이 바로 보이는 열람실 창가 자리를 찾았다. 다행히 아무도 앉아 있지 않았다. 의자에 앉아서 기지개를 켠 뒤 책 표지를 봤다. 흰색 피부의 소녀와 갈색 피부의 소녀가 엄지와 새끼를 맞댄 곳에 세미콜론 기호처럼 보이는 그림이 커다랗게 그려져 있다. 그림을 자세히 보니 흰색 피부의 소녀 손목에 & 기호가 있다.

책 표지에는 책에 대한 거의 모든 것이 담긴다. 글밥이 별로 없는 그림책을 읽던 때부터 시작한, 책 표지를 보고 내용을 추측하는 이모와 나의 오래된 놀이를 통해 알게 된 사실이다.

표지 그림을 보며 책 내용은 두 소녀의 우정에 관한 이야기일 것이라는 생각을 했다. 책의 첫 번째 문장을 읽었을 때 소녀들의 손목에 있는 &와 ;에 깊은 의미가 있다는 것을 알았다. 이것은 기억을 기억하는 자신들만의 방법으로, 지워지지 않게 새겨 넣은 문신이었다. 기억을 기억하는 방법. 눈썹 위 꿰맨 자국을 손가락 끝으로 쓸어 봤지만, 아무것도 떠오르지 않았다.

표지의 두 소녀는 아빠가 다른 자매 사이다. 엄마가 마약 중독에 빠져 두 자매를 방치해 언니는 엄마와 동거하던 아저씨의 성범죄 피해자가 된다. 그는 동생에게마저 성범죄를 저지르려 하고 그때 언니는 자신의 목숨을 걸고 동생을 지킨다.

언니의 손목에 있는 &는 스스로 삶을 포기하려 그었던 상처 자국 위에 살아갈 것을, 행복할 것을 다짐하는 의미로 새겨 넣은 것이다. 동생의 손목에 있는 ;은 목숨을 걸고 자신을 지켜 준 언니와의 연대의 의미를 담은 거였다.

내 손목을 봤다. 다른 글자들은 옅어지고 뭉개져 알아볼 수 없었지만, '엄마'라는 글자는 선명했다. 그 옆에 볼펜으로 기호를 그렸다. **엄마 = ?**. 눈이 흐릿해지고 코끝이 매워진다. 어쩌면 엄마는 나에게 의문투성이의 슬픈 존재인 것 같다는 생각이 들었다. 고개를 돌려 버드나무 숲길을 봤다. 어떤 사람이 갑자기 주저앉는 것이 보였다. 어디가 아픈 것 같았다. 벌떡 일어서 쪽문을 열고 밖으로 나갔다.

굳은 듯 꼼짝도 하지 않는 그 사람 옆으로 다가갔다. 크고 동그란 검은색 뿔테 안경을 낀 시훈이었다. 시훈의 얼굴은 핏기 하나 없이 창백했다. 비둘기 여러 마리가 구구 소리와 함께 머리를 갸웃거리며 다가오고 있었다.

"괜찮아?"

"사, 사, 살려줘! 비, 비, 비둘, 아악!" 시훈은 눈을 감은 채 온몸을 바들바들 떨었다. 내가 손을 잡아 주자 겨우 일어선 시훈이 나를 좌우로, 전후로 밀었다, 당겼다 하며 비둘기를 피해 앞으로 나아갔다. 딱 방패가 된 기분이었다. 그러는 동안에 비둘기는 다른 곳으로 이동했다. 시훈은 나를 내던지듯 밀치고 뒤도 돌아보지 않고 달려가 버렸다. 어쩐지 버려진 기분이 들었지만, 공포증에 관해 알고 있어서 상처받지는 않았다.

이모는 바 비슷한 것에 공포증이 있다. 이모가 바 공포증이라고 해서 바 공포증인 줄로만 알고 있었는데 그렇게 단순하지만은 않다는 걸 최근에 있었던 일로 깨달았다. 이모가 안전 바가 설치된 놀이기구를 못 탄다거나 아파트 주차장 입구 차단 바 앞에서 매번 긴장하는 건 익숙한 일이다. 심지어 바가 이미 사라지고 없는 곳에서도 긴장하는 것은 똑같아 그곳을 통과하고 나면 손을 문질러 대던 청바지 허벅지 부근에 땀자국이 선명하게 남았다. 그런데 얼마 전, 출입 금지를 알리는 노란색 띠 앞에서 대다수 사람, 나조차도 고개를 쭉 빼고 궁금해하는 것과는 달리 이모는 한동안 거칠게 숨을 내뱉으며 창백해진 얼굴로 바들바들 떨기까지 했다. 바가 아닌데도 지금까지 보아 왔던, 바 공포증을 겪을 때보다 상태가 몇 배는 더 심각했다.

"이모! 이모! 왜 그래?" 내가 이모를 걱정하자 이모는 떨고 있는 와중에도 내 손을 잡아 끌어 내렸다. 어느새 눈썹 위 상처를 긁고 있었다는 것을 알았다.

"하, 한두 번 보는 것도 아니잖아?" 애써 태연한 척하는 것이 보였다.

"그래. 많이 봐 왔지. 그런데 지금은… 이모 진짜 어디 아픈 것 아니지?"

"공포증이 얼마나 다양한지 넌 모를 거다. 동그라미 공포증, 모서리 공포증, 구석 공포증 그리고 스티브 잡스 씨는 단추 공포증 때문에 터틀넥 스웨터만 입었다는 소문도 있어. 이모만 이러는 건 아니라는 말이지. 최소한 전 세계 인구 중 십 퍼센트의 사람들이 공포증을 지니고 있다구!" 이모의 말에 알고 있다며 고개는 끄덕였지만, 마음속에서는 전혀 설득되지 않았다.

시훈은 얼마나 정신없이 달리는지 버스 정류장을 한참이나 지나치고 있었다. 그 모습을 보며 나는 어깨를 한 번 으쓱하고는 벤치로 가 앉았다. 이르게 찾아온 더위에 도서관은 이미 냉방이 이루어지고 있었다. 내내 차가운 에어컨 아래에 있었던 후라 그런지 따뜻한 느낌이 좋았다.

"너 다시 들어갈 거지?" 소리가 나는 쪽으로 고개를 돌렸더니 또래로 보이는 여자아이가 다가오고 있었다. 말투로 보아서는 나를 아는 것이다. 이 여자아이도 시훈처럼 '시인공감'이 끝나고 도서관에 온 것일지도 모른다. 또래, 아는 여자아이. 모든 상황을 머릿속으로 재빨리 정리했다. 아는 여자아이 응대법. 웃으면서 대답하기를 하기도 전에 여자아이는 손에 들고 있던 책 속에서 뭔가를 꺼냈다. 까만색 책 표지 그림에 '뼈의 방'이라고 쓰여 있었다. 여자아이가 내민 건 스탬프 백일장 엽서였다.

"이걸 왜?" 말은 이렇게 했지만, 엽서는 이미 내 손안에 있었다.

"주운 건데 이름도 없어." 여자아이가 쌩하니 가 버렸다.

문장 끝에 있는 병. 어디선가 봤던 그림이다. 생각났다. 시훈 일기. 병 그림은 시훈의 일기에서 봤던 것과 비슷한 듯 달랐다. 병 중간에 선이 그어져 있어 금이 간 것처럼 보였다. 맨 마지막 문장은 자기의 정체성은 스스로가 정하는 것이라던 강사 선생님의 말을 생각나게 했고 어쩐지 시훈이 선언하는 것처럼도 느껴졌다.

도서관으로 올라와 엽서를 응모함에 넣으려다 말고 잠깐 고민했다. 이름도 쓰지 않았고 스탬프도 문장을 만들기보다는 내키는 대로 찍은 것 같아 응모할 마음이 딱히 없었을지도 모르겠다는 생각이 들었지만, 수첩을 주웠을 때의 난감함이 떠올라 마음 편하게 가고 싶어 엽서를 응모함에 넣고 있던 때 이모 목소리가 들렸다.

"그만 긁어!" 이모가 눈을 부라리며 다가왔다.

"긁기는. 그냥 손만 가져다 댄 거야."

"금방 피 나오겠구먼. 창작의 길이 고뇌로 가득 차 있다는 건 알 겠는데 피를 보면서까지 할 필요가 있는가엔 이모는 회의적이란 말이지." 이모가 엽서를 내 것이라고 오해하고 있어 주운 거라고 말했다.

유물 발굴에는 기대감과 즐거움만이 있었지만 내 기억, 특히 엄마에 대한 기억 발굴에는 왠지 두려움만 있는 것 같다.

눈썹 위 상처는 언제 어디서 어떻게 생겼는지 전혀 기억나지 않는다. 지금은 꿰맨 자국도 흐릿하다. 진짜 가려운 것인지 가렵다고 느낄 뿐인지도 모르겠다. 보통은 손가락으로 살살 긁는 정도로도 가려움은 사라지지만 어떤 때는 아무리 손가락을 움직여도 남의 살을 긁어대는 느낌이 든다. 그럴 땐 피를 보고서야 긁는 것을 멈출 수 있다. 가끔은 멈출 수 없을까 봐 겁이 나기도 한다.

# 2

학교 수업을 마치고 돌아왔을 때 아파트 1층인 집 거실 블라인드가 내려가 있는 것이 보였다. 오늘은 도서관 휴관일. 이모가 블라인드를 내리고 있다는 것은 지금 영화를 보고 있다는 말이다. 혼자 있을 때만 보는 39금 로맨스. 우연히 보게 된 이모의 시청 이력을 통해 이 비밀을 알게 됐다.

"그렇단 말이지. 김일영 씨를 좀 놀려 줘야겠군." 오른쪽 입꼬리를 말아 올리며 웃었다. 이모가 '사악한 미소'라고 이름 붙인 표정이다. 발소리를 죽이며 현관 앞에 섰다. 비번을 빨리 누르기 위해 손을 쥐었다 폈다 하며 풀었다. 목도 돌려 줬다. 심호흡을 한번 한 뒤, 재빨리 비번을 누르고 현관문을 벌컥 열었다. 이모가 황급히 텔레비전 앞을 막아섰다.

"뭔데? 야한 거지. 열여섯인데 나야 아주 깡그리 몽땅 다 이해하지."

"아니야. 내내 자다가 깨서 봐, 방금. 그래 방금 틀었어."

"네! 네! 어련하시겠어요."

분명 야한 장면이겠거니 생각했는데 텔레비전 화면을 채우고 있는 건 흰색 시폰 커튼이 바람에 날리고 있는 모습이었다. 힘이 쭉 빠지고 앞이 캄캄해졌다. 생존자라는 단어가 귀에 꽂히듯 들리고 곧이어 텔레비전이 꺼졌다.

"괜찮아?" 이모가 티슈를 건넸다. 나도 모르게 눈물을 흘리고 있었다. 이모는 내가 좀체 울지 않는 아이였다고 한다. 아이라면 울어도 되는 때에도 절대 울지 않아 속상한 적도 많았다고. 그런데 지금 사는 아파트로 이사한 첫날 '우왕!' 큰소리를 내며 울음을 터트렸고 그 뒤로는 너무 자주 울어 이모를 쩔쩔매게 했다고 한다. 우는 이유를 자신조차도 모르는 것 같았는데, 바람을 태워 한껏 부풀었다가 순식간에 꺼져 버리는 흰색 커튼 때문이라는 것을 우연히 알게 됐다고 한다. 그래서 이모는 집 안의 커튼을 나무 블라인드로 다 바꿔야만 했다.

아까는 미처 보지 못했지만, 이모 얼굴은 이미 눈물 콧물로 엉망이었다. 눈은 빨갛게 부어 있었고, 콧방울과 입술도 부풀어 있었다. 운 것이 분명해 보이는 얼굴. 이모에게 티슈를 뽑아 건넸다.

"이런! 알레르기 비염. 지금 더럽다고 생각하는 거지? 맞지? 그래도 할 수 없어. 너 알레르기라는 게 얼마나, 얼마나 남사스럽고

구질구질한지 모를 거다. 시도 때도 없는 재채기에 눈물, 콧물. 액체란 액체는 다 흐른다고 보면 돼." 말을 끝낸 이모가 코를 소리 나게 풀었다. 울지 않았다는 걸 말하고 싶은 모양인데 전혀 그래 보이지 않았다. 내가 반응이 없자 이모가 또 말했다.

"애 봐라! 애 봐라! 너 지금 진짜로 더럽다고 생각하는 중이지?"

"아니야. 그런 거."

이모가 손가락 열 개를 까불거렸다. 간지럼을 태우겠다는 신호다. 이모의 손이 몸에 닿기 전부터도 근질거리는 느낌이 들어 혀를 쏙 내밀고는 재빨리 방으로 들어갔다. 침대에 털썩 주저앉아 형편없이 쪼그라든 토르를 품에 안았다. 토르는 어릴 때부터 가지고 있는 애착 토끼 인형이다. 토르 귀를 쪽쪽 소리 나게 빨았다. 마음이 가라앉고 긴장이 풀려서인지 눈이 감겼다.

"가나! 거기 있지? 거기 있지? 가나!" 어딘가 불안하게 들리는 이모 목소리에 깜짝 놀라 벌떡 일어섰다. 토르가 방바닥에 나뒹굴었다. 토르를 안아 올리자 귀가 손에 닿았다. 축축했다. 생각을 떨쳐 내려 고개를 가로저을 때 방문 밖에서 이모의 노랫소리가 들려왔다.

"가, 나, 다, 라, 마, 바, 사, 보고 싶단 말이야." 고개를 푹 숙인 채 방문을 열었다. 이모가 턱밑으로 얼굴을 들이밀었다. 나는 말없이 이모 얼굴을 손으로 살짝 밀어내고 현관 쪽으로 걸어갔다.

"어디 가게? 아! 아! 오늘부터 승단 시험 준비한댔지. 잠깐만, 잠깐만 기다리슘." 이모가 종이 가방에서 형광 노란색의 헬멧을 꺼냈다. 입에서 나도 모르게 "헐!" 소리가 나왔다.

"좀 당황스러운 색이긴 하지만, 안전용품은 눈에 확 띄는 것이 좋다고 생각하지."

"웅!"

"전문가님이 헬멧은 충격을 받으면 기능이 떨어지니 자주 바꾸는 게 좋다고 하셨지."

헬멧을 떨어뜨렸다는 말을 이모에게 했었나, 생각할 때 이모가 또 말했다.

"써 볼래?" 얼굴을 보이고 싶지 않아 고개를 숙인 채로 손만 내밀었다. 이모는 평상시와는 다르게 더 조르거나 하지 않고 헬멧을 나에게 건넸다. 쿠션감과 탄력이 적당한 헬멧이었다.

자전거 보관소로 걸어가며 헬멧을 썼다. 불편한 곳 없이 잘 맞았다. 자전거 자물쇠를 풀었다. 산책길을 향해 자전거를 몰았다. 연초록 물결이 눈앞으로 밀려 들어와 눈이 저절로 감겼다. 자전거 바퀴가 주차장과 산책로의 경계석에 닿자마자 앞바퀴를 들어 올렸다. 낮지 않은 턱이었지만 하루에도 몇 번이나 오가는 곳이어서 눈을 감고서도 넘을 수 있었다. 20년이 다 돼 가는 아파트 산책로는 꽤 잘 조성돼 있다. 손질돼 높이가 일정한 울타리 나무는 빽빽했고, 잔가지 없이 위로 쭉쭉 뻗은 메타세쿼이아 나무가 양쪽으로 길게 늘어서 있어 산책로 이쪽 끝에서 저쪽 끝까지 훤하게 보였다.

이 시간대엔 웬만해선 사람도 없었다. 헬멧을 벗고 벤치에 길게 드러누웠다. 바람이 불 때마다 나뭇잎 사이로 햇볕이 쏟아져 내린다. 손을 들어 올려 쫙 폈다. 바람과 햇볕이 손가락 사이를 빠져나가는 느낌이 싫지 않다.

핸드폰을 열어 검색창에 '흰색 시폰 커튼을 보면 눈물이 나는 이유'라고 썼다가 어이가 없어 지웠다. 이번에는 '생존자'를 검색해 봤다. 몇 개의 뉴스 기사가 보였다. 스크롤바를 올리자 어학 사전이 나왔다. '죽지 않고 끝까지 살아 있는 사람.' 정확하게 알고 있는 뜻이었지만 사이트를 옮겨 다시 검색해 봤다. '살아 있는 사람, 또는 살아남은 사람.' 어쩐지 각기 다른 단어에 관한 설명처럼 느껴졌다. 눈을 감았다. 눈꺼풀 위로 나무 그림자들이 얹히는 느낌, 나른하다. 시간이 얼마나 흘렀는지 알 수 없었지만 "시끄럽네!"라는 누군가의 말에 눈을 떴다. 윗몸을 일으켜 세웠다. 빛에 적응한 내 눈에 팔짱을 끼고 있는 여자아이가 보였다. 또래인 것 같았는데 나를 향한 눈빛이 호의적이지는 않았다.

"알람 좀 끄라고." 짜증이 잔뜩 밴 목소리를 듣고서야 내 핸드폰에서 알람 소리가 흘러나오고 있다는 것을 알았다. 검도장으로 출발해야 할 시간이다. 재빨리 알람을 끄고 벤치에서 일어섰다. 벤치를 혼자서 차지하고 있었던 것도 시끄러운 알람을 늦게 알아차린 것도 마음에 걸려 최대한 예의를 갖춰 "미안해" 하고 말했다. 여자아이가 어이없다는 듯 "허!" 소리를 냈다. 내가 한 번 더 미안하다고 말한 뒤 자전거에 올라탔을 때 여자아이는 "그거 네가 틀린 거야"라고 말하고 뒤돌아서 가 버렸다. 나를 아는 여자아이일 거라는 생각이 들었지만, 누군지 알 수 없었고 여자아이가 틀렸다고 하는 것이 무엇인지는 더더욱 알 수 없었다. 두 번째 알람이 울렸다. 자전거 페달을 힘껏 밟았다.

건물의 유리 출입문을 잡아당기자 지하에 있는 검도장에서 기합 소리와 타격하는 소리, 원목 바닥 위를 앞뒤로 옮겨 다니는 맨발의 움직임 소리가 계단을 타고 올라왔다. 탈의실에서 검도복으로 갈아입고 나왔다. 아직 이른 시간이라 검도장엔 사람들이 많지 않았다.

같은 자리에 앉아서 치기 50회로 몸풀기를 시작했다. 치기 다음 일어서서 후리기 동작도 했다. 발을 한 걸음 앞으로 내디디고, 다시 뒤로 한 걸음 물러섰다. 그 자리를 벗어나지 않는 제자리걸음의 느낌. 생각나는 것이 있다. 엄마의 제사. 이모는 겨울이어야 할 제사를 여름에 지내 왔다. 그날이 가까이 다가와 있었다. 진즉 거실 한복판에 등장해야 했을 텐트 동굴. 이모가 겨울잠을 자는 곳이 만들어지지 않아 잊고 있었다. 문득 겨울잠보다 좋은 것을 찾을 수 있을 것도 같다는 이모 말이 생각났다. 정말 이모는 그것을 찾기라도 한 걸까?


몇 달 전 퇴근한 이모 손에 주황색 꽃차가 들려 있었다. 묻지도 않았는데 이모는 꼭 오고야 말 행복이라는 꽃말을 가진 마리골드 라고 꽃 이름을 알려 줬다. 웬 거냐고 묻자 카페에서 팔더라고 말했다. 출장을 다녀오는 길에 솟대가 있었는데 그게 '고고학의 숲에 내리는 사월의 눈'이라는 카페의 이정표였다고. 내가 사월의 눈이라면 보나 마나 배밭이겠다고, 아는 척을 했더니 이모가 맞다고 했다. 긴 이름의 카페에 관해 이모가 설명했다. 좁은 길을 따라가다 보니 흰 배꽃으로 뒤덮인 과수원이 나왔고 거기에 있던 창고 하나가 카페였다고. 특이했던 건 파란색 문인데 그 문은 사방이 툭 터진 공간에 홀로 서 있어서 아무 소용이 없는 문인 것 같기도 했고 모든 것을 보호하고 있는 세상 유일한 문처럼 느껴지기도 했다고. 직접 보지는 않았지만, 이모의 설명만으로도 그 문을 본 것 같다는 생각이 들었다. 이모의 이야기는 좀 더 이어졌다. 그 문을 의아한 눈으로 보고 있는데 마침 어떤 남자가 오더니 문을 열었고 자신도 모르게 뒤를 따라 걸었다. 길이 끝나자 이모는 남자에게 자기 핸드폰을 내밀고 있었고, 남자는 이모 핸드폰에 전화번호를 찍어 주며 문지기라고 자신을 소개했다고 한다.

그날 이모가 씻고 나온 뒤 화장실에 갔을 때 수건 보관함에서 톡 알림이 울렸다. 이모 핸드폰에서 나는 소리였다. 이모에게 톡이 왔다고 말하자 이모는 나에게 낭랑한 목소리로 읽어 보라고 했다.

"청불 문자라도 괜찮겠어? 문지기입니다….." 이모가 화장실 문을 벌컥 열어 손에서 핸드폰을 빼앗다시피 낚아챘다. 이모의 갑작

스러운 행동에 어안이 벙벙했다. 이모는 청불 문자라서 그런다며 끝까지 읽었냐고 물었다.

"당신 잘못이 아닙니다. 우리가 겪은 일은 부끄러운 일이 아니라 불행한 일입니다. 이게 청불 문자야?"

"혹시 자네 지금 나랑 영화나 한 판 볼 생각 없으신가?"

"무슨 영화?"

"〈코코〉!"

"언제 적 〈코코〉야?"

"명작이라는 것은 한 번만 봐서는 단물 안 빠진 풍선껌과 같단 말이지."

"그러든가. 내용 생각도 안 나긴 해."

다시 본 〈코코〉는 처음 본 것 같은 느낌이었다. 이승과 저승을 잇는 다리가 마리골드 꽃이라는 것도 처음으로 알았다. 마리골드 꽃 다리는 이승에 자신을 기억하는 사람이 한 명이라도 있어야 건널 수 있는 다리다. 이승 사람의 기억이 출입 허가 역할을 한다. 만약 이승에서 자신을 기억해 주는 사람이 한 명도 없다면 죽은 자는 죽은 자의 세계에서도 소멸하고 만다. 이모가 연신 코를 풀어 댔다. 울고 있었다. 이모는 요즘 눈물이 늘었다. 울 일인가 싶은 일에도 눈물을 쏟는다. 〈코코〉는 나도 코가 시큰거렸으니 인정이다.

유리잔 두 개에 마리골드 꽃을 하나씩 넣고 뜨거운 물을 부었다. 주황색 마리골드 꽃이 서서히 피었다. 반드시 올 행복 배달이라는 말과 함께 마리골드 차를 이모에게 내밀었다.

"행복 접수 완료! 만족도 별 다섯. 겨울잠보다 더 좋은 것을 찾을 수 있을 것도 같아."

무슨 말인지 되묻는 나에게 이모는 웃기만 할 뿐 대답을 해 주지 않았다.

이모와 나는 거실에 설치된 텐트 동굴에서 자는 것을 겨울잠이라고 불렀다. 겨울잠은 내가 유치원에 다닐 때부터 여름 이맘때와 크리스마스 언저리, 1년에 두 번씩 꼭 하는 일이었다. 작년 겨울까지도 텐트 동굴은 만들어졌다. 동굴 안에서 이모와 나는 꼭 붙어 잠을 자고 책을 읽고 음식을 먹었다. 동굴 속에서 가만가만 책을 읽어 주는 이모 목소리는 나를 한없이 안심하게 했다. 나는 초등 고학년까지 동굴 속 겨울잠에 열광하다 점차 시들해져 중학생이 되고부터는 거들떠보지 않았는데, 이모는 성격처럼 꾸준했다.

작년 여름, 거실에 텐트 동굴을 만들고 있는 이모에게 말했다.

"곰도 겨울잠은 한 번만 자는데 이모는 두 번씩이나, 그런데 여름에 겨울잠이라니 어울리기나 해?"

"그러게. 그만둬야 하는지도." 예상과는 다른 이모 반응에 조금 당황했었다.

밤이 되자 이모는 늘 해 오던 대로 강아지 털옷을 껴입으며 말했다.

"허전해서."

"땀띠로 고생한 거 잊었어? 아! 이모 맘대로 해!" 내가 말린다고 들을 이모가 아니라는 걸 또 잊었다. 이모가 히죽 웃으며 텐트 동굴로 들어갔다.

그날 새벽, 화장실을 다녀올 때 이모를 보러 텐트에 들어갔다. 이모 얼굴이 빨갰다. 열이 있나 싶어 이마를 짚어 봤다. 열은 없었다. 이모 머리맡에 그림책이 있었다. 《난 곰인 채로 있고 싶은데…》. 겨울잠은 이 그림책을 읽고 난 뒤 시작된 놀이라는 걸 기억했지만 책 내용은 떠오르지 않았다. 책을 방으로 가져가 다시 읽었다.

곰은 털 사이로 겨울이 스며들면 겨울잠을 자기 위해 동굴로 들어간다. 숲의 향이 코끝을 간질일 때 잠에서 깨게 될 거라는 자신의 생각을 조금도 의심하지 않은 채. 하지만 아무리 시간이 지나도 코끝을 간질이는 숲의 향을 맡을 수 없다. 곰이 동굴을 나왔을 때 숲은 통째로 사라지고 없다. 숲을 찾아다니지만 어디에도 없고, 자신이 곰이라고 말을 하지만 아무도 믿어 주지 않는다. 곰은 곰인 채로 있고 싶은데 그럴 수 없는 상황이다.

이모의 겨울잠은 따뜻한 봄날이 기다리고 있는 깊고 편안하고 달콤한 것이 아닌 책 속 곰이 겪은 겨울잠과 같아서, 그 곰의 감정을 매번 확인하는 과정이었을지도 모르겠다는 생각이 들었다.

'따악!' 치기가 제대로 들어간 소리가 났다. 여자 회원 둘이 대련 중이던 곳에서였다. 고개를 돌렸을 때 검도 관장님과 눈이 마주쳤다. 검도 관장님이 나를 향해 "구방심"이라고 조용하고 낮게 말했다. 잃어버린 마음을 되찾는다는 의미이다. 죽도를 내려놓고 계속 멍하게 서 있었다는 걸 알았다.

"구방심!" 관장님이 한 번 더 말했다. '구방심이 가능하기는 할까?'라는 생각을 하며 기계적으로 죽도를 다시 휘둘렀다.

검도장에서 돌아오는 길, 모자를 눌러쓰고 풍선껌으로 풍선을 불며 편의점을 나오고 있는 이모를 발견했다. 자전거를 멈췄다. 이모 입가가 올라가는 것이 보였다. 이모가 찬양해 마지않는 저작 운동의 결과물이 만족스럽다는 걸 말하곤 했다.

"풍선껌은 단물을 얼마나 빨리 완벽하게 빼느냐가 중요해. 단물을 다 뺀다고 해서 큰 풍선을 만들 수 있느냐, 그것도 아니라는 말이지. 딱 적당한 질감, 넓이, 두께 그리고 그걸 알아내는 혀의 감각이 풍선의 크기와 모양을 결정하지." 이모는 많은 운동 중에서도 특히 저작 운동이 동물에게 얼마나 중요한지와 저작 운동이 주는 심리적인 안정감에 대해서 아주 진지하게 말하곤 했다.

자전거와 보행자 도로 경계에 초등학교 고학년쯤으로 보이는 여자아이가 서 있었다. 여자아이는 왠지 모르게 불안한 모습이었고 여름과 어울리지 않는 긴팔, 긴바지 차림이었다. 자세히 보니 바지는 겨울용 수면 바지였다. 일찍 찾아든 더위에 입기에는 눈에 확 띄는 옷이었다. 이모가 다가가 말을 하는 것 같더니 곧 그 아이를 앞세워 편의점이 있는 쪽으로 향하는 것이 보였다.

"이모!" 나와 눈이 마주친 이모가 손을 흔들고 편의점으로 들어갈 거라는 듯 손짓했다. 편의점 앞에 자전거를 세우고 나도 따라 들어갔다. 이모가 자기는 배가 고파서 뭐 좀 먹어야겠다며 그 아이에게도 나에게도 먹고 싶은 게 있으면 고르라고 했다. 나는 이모와 눈이 마주치자 "왜?"라고 물었지만, 이모는 대답하지 않고 컵라면을 골랐다. 나는 어묵바를 골랐다. 여자아이는 초코 음료와 컵라면을 골라 왔다. 컵라면을 먹을 때 여자아이의 손등을 덮는 옷이 거추장스럽게 보였다. 내가 소매를 걷어 주려고 하자 여자아이가 손을 뿌리쳤다. 이모가 고개를 가로저었다. 이모는 뭔가를 알고 있는 것 같았다. 컵라면과 초코 우유를 다 먹은 그 아이에게 이모가 더 먹어도 된다고 말하자 조금 망설이는가 싶더니 삼각김밥과 바나나 우유를 골라 왔다. 음식을 다 먹은 아이는 묻기도 전에 이모를 향해 말하기 시작했다. 나에겐 그 아이 등만 보였다. 집에서 쫓겨났다고. 엄마는 동생을 낳은 뒤 더 자주 신경질을 부린다고. 가족은 엄마, 언니, 동생, 새 삼촌이 있다고 했다. 어떻게 하고 싶으냐고 물으니 집에는 들어가기 싫다고 해 이모가 여성 청소년 보호소로 연락을 했다. 담당자가 데리러 온다고 해서 기다리는데 여자아이가 신발을 신고 있지 않다는 걸 알았다. 신발인 줄 알았던 건 현란한 문양의 두꺼운 수면 양말이었다. 집에서 슬리퍼를 가져오겠다고 했다. 슬리퍼와 반바지를 챙겨 편의점 앞으로 갔을 때 이모가 어떤 여자와 이야기하고 있었다. 보호소 담당자였다.

"슬리퍼 좀 클 것 같긴 한데⋯. 그리고 이건 더울 것 같아서." 여자아이는 슬리퍼만 신고 춥다며 반바지는 받지 않았다.

"사람마다 마음 온도계가 있는 법이니까." 여자아이가 무슨 말이냐는 듯 나를 쳐다봤다. 검도를 시작하고도 3년 정도는 양말을 벗지 않았었다. 발이 너무 시렸기 때문이다. 미끄러져 다칠 수 있다는 관장님 말에도 막무가내였다. 관장님은 더 강요하는 대신 마음에도 온도계가 있다고 말하며 내 자리에 매트를 깔아 줬다. 마음 온도계라는 말은 지금까지 내가 행운 검도장을 다니는 이유이기도 하다.

여자아이와 보호소 담당자가 차를 타고 떠났다. 이모는 몇 번이나 이러는 것이 최선인지에 대해서 말하다 심란한 듯 입으로 "쓥! 쓥! 쓥!" 소리를 냈다.

"할 수 있는 일은 한 거 아닐까?"

"전화번호라도 알려 줘야겠다. 연락할 일 있으면 연락할 수 있게."

이모는 아이가 원한다면 자신의 연락처를 알려 달라는 말을 끝으로 보호소 담당자와의 통화를 마친 뒤에 나에게 오늘 밤은 보호소에서 여자아이를 데리고 있다가 상담 후 절차대로 일이 진행될 거라고 말해 줬다. 이모가 자전거를 탔고 나는 옆에서 걸었다.

"쟤 마음 온도계는 영하를 가리키고 있겠지?" 이모가 자전거에서 내려섰다.

"멍 같은 거 있는지 확인해 달라고 말했어. 혹시 모르잖아." 이모 입에서 한숨 비슷한 소리가 났다. 이모가 내 손을 잡아 끌어 내렸다. 눈썹 위 상처를 긁고 있었다는 것을 알았다. 한동안 이모와 나는 아무런 말없이 걸었다. 아파트 입구에 들어설 때 이모 핸드폰에서 톡 알림이 울렸다. 이모가 자전거 핸들을 나에게 넘기며 핸드폰을 확인했다.

"차에 책 바구니 있어. 좀 가져다줘."

"오늘 쉬는 날이잖아?"

"근처에 일이 있어서… 통화 좀 할게."

나는 자전거를 보관대에 넣고 자물쇠를 채운 뒤 이모 차로 걸어갔다. 책 바구니는 조수석에 있었다. 책 바구니 맨 위에 있는 책. 어딘가를 바라보고 있는 것 같은 여자 사진이 시선을 사로잡았다. 책등에 쓰여 있는 제목만 봤을 땐 보지 못한 《슬픔의 방문》 표지 그림이었다. 기어코 슬픔이 나를 방문하고야 말았다는 생각이 들었다. 슬픔의 방문 같은 건 받고 싶지 않았는데 내 옆자리가 자신의 자리인 것처럼 찾아와 버린 슬픔 때문에 가슴이 정신없이 뛰었다. 눈썹 위도 가려웠다. 손톱을 세워 긁었지만 가려움은 사라지지 않았다. 자전거로 어디든 달리고 싶다는 생각이 들었다. 손이 떨려서 자물쇠 번호가 자꾸 조금씩 어긋났다. 세 번 만에야 자물쇠가 풀렸다. 자전거로 전력 질주를 할 때 핸드폰이 울렸다. 이모였다. 자전거를 멈추고 목소리를 최대한 가다듬었다. 전화를 받고 이모에게 둑길을 한 바퀴 돌고 갈 거라고 말했다. 이모는 아무것도 묻지 않고 조심하라고만 했다.

둑길은 움직이는 뱀의 몸처럼 휘어져 있다. 그래서 길이 시작되는 곳에서 바라보면 왼쪽에 있는 건물들이, 길 중간쯤에서 바라보면 좌표 이동을 한 것처럼 오른쪽에 있다. 하천을 가운데에 두고 길 한편엔 농작물들이 자라고 있는 논밭이 펼쳐져 있고 다른 편엔 낮은 산이 부드러운 곡선을 그리며 길게 이어져 있다. 사람들은 주로 논밭이 펼쳐져 있는 쪽 길을 이용해 산책과 운동을 했고 자전거나 자동차는 산 쪽 길에서 달렸다. 나는 자전거를 타고 며칠 전에 치즈 고양이를 봤던 곳으로 갔다. 오래돼 비문이 닳은 비석이 있는 풀숲이었다. 그곳에 먼저 머무르고 있던 누군가가 있었다. 잠깐 고민하다 자전거를 멈추지 않고 그냥 지나치려 할 때 그 사람이 뒤돌아봤다. 도시훈이었다.

"가나야!" 시훈이 숲에서 재빨리 걸어 내려오며 알은척했다. 나는 급하게 브레이크를 잡았다. 시훈의 눈이 몹시 크고 동그란 검은 안경테 속에서 커지고 입까지 벌어지는 것이 보였다. 이유를 알 수 없었다. 시훈이 가방에서 파우치를 꺼내더니 그 안에 있던 무언가를 나에게 내밀었다. 상처에 붙이는 밴드였다. 웬 거냐고 눈으로 물었다. 시훈이 자기 눈썹 위를 만졌다. 따라쟁이 원숭이처럼 나도 눈썹 위를 만졌다. 약간 끈적거리는 느낌이 들었다. 피가 나고 있었다. 시훈이 도와줄지 물었지만 나는 고개를 가로젓고 능숙한 동작으로 밴드를 상처 난 부위에 정확하게 붙였다. 풀숲을 살폈다. 고양이는 보이지 않았다.

"혹시 고양이 보러 왔어? 친구 찾아갔나 봐. 꽤 기다렸는데 오지 않아서."

'초딩이냐?' 속으로 생각했다.

"믿지 않는구나?" 시훈의 말에 어깨를 으쓱해 보였다.

"밴드 고마워. 그럼." 뒤돌아서려고 할 때 시훈이 말했다.

"도서관에서 고마웠어."

"응!"

"거짓말 같겠지만, 그럴 때는 아무런 생각도 못 하고 소름 끼치고 식은땀 나고 속은 메슥거리기까지 해. 그냥 도망가야겠다는 생각만 들어."

이모에게 들은 적이 있다. 공포증이 있는 사람은 바로 상상이 되기 때문에 그 이름을 입 밖으로 꺼내는 것조차도 힘들다고.

"너 그거 알아? 그게, 그건 눈이 거의 보이지 않는대. 특히 우리나라에 들어온 애들은 환경이 바뀌어서 시신경이 거의 죽어 그런다고 하더라. 그래서 차도 사람도 피하지 못하는 거래. 겁주려고 그러는 것이 아니라."

"그런 거였구나. 전혀 몰랐어…. 거기 더 만지면 덧날 텐데?" 말하지 말 걸 그랬나 생각하다가 나도 모르게 눈썹 위 상처를 긁고 있었다.

"알았어도 어쩔 수 없다는 거 이해해. 우리 이모도 그러거든."

"혹시 이거, 나는 단것 엄청나게 좋아하는데…" 시훈이 식혜 캔을 가방에서 꺼내며 말했다. 식혜라면 없어서 못 먹는 음료다. 식혜 좋아하는 또래는 잘 없어서 반가운 마음이 들었다.

"나는 단것 싫은데 식혜는 좋아해."

"나는 그런 건 아닌데, 그 아이가 좋아하는 음료거든. 습관이 됐나 봐."

습관이라는 말이 귀에 콕 박혔다. 단것을 싫어하는 내가 단 식혜를 좋아하는 건 습관에 가까운 것인지도 모르겠다는 생각이 들었다. 이모에게 내가 언제부터 식혜를 좋아했는지 물은 적이 있었다. 기억나지 않아서였다. 이모는 처음부터라고 말했다. 처음으로 함께 마트에 갔을 때 내가 고른 음료가 식혜였고 그 난리에도 식혜만은 손에 꼭 쥐고 있었다고. 그 난리란 내가 길을 잃었을 때 일을 말한다. 이모와 나의 처음은 엄마와 나의 마지막이다.

시훈이 화장지를 꺼내 식혜 캔 윗부분을 닦아 낸 뒤 뚜껑을 따 내밀었다.

"큰산에서 나온 것이 밥알이 탱글탱글 살아 있어." 식혜를 한 모금 마시고 말했다.

"그래? 그런 건 전혀 몰랐네. 식혜는 다 같을 거라고 생각했어." 시훈이 한숨을 푹 쉬었다.

"나랑 게임 할래?" 망설임 없이 말한 나 자신에게 놀랐다.

"무슨 게임?"

"더 좋아하는 거 동시에 말하기 게임. 내가 먼저 한다. 곰과 호랑이." 처음에 시훈은 황당하다는 듯 나를 쳐다봤지만 내가 하나, 둘, 셋을 외치자 나보다 약간 늦게 답을 했다. 이후로도 시훈은 몇 차례 더 어색한 표정으로 내 답을 따라 했다. 눈치 보고 있다는 게 티가 났다. 번갈아 가며 질문하기를 여러 차례 하다 자연스럽게 게임을 멈췄다.

동시에 대답하기는 이모와 자주 하던 게임 중 하나다. 이모에게 잘 보이고 싶었던 나는 매번 이모 답에 맞춰 대답했다. 이모는 그런 나와 눈을 마주치며 이 게임의 원칙은 솔직함이라고 얘기해 주었다. 그리고 "더 좋아하는 사람은? 일영과 가나!" 큰소리로 질문했다. 나는 그때까지도 이모 대답을 따라 했다. 가나였다. 내 이름을 외치고 나자 얼굴이 빨개졌다. 이모는 빙그레 웃으며 자기는 가나를 자기보다 더 좋아할 테니 가나는 가나를 가장 많이 좋아하라며 나를 안아 줬다.

"너랑은 진짜 오래전부터 친하게 지내 온 사이인 것 같아." 시훈이 말했다.

"어색한 사이에 친해질 때 또 이것만 한 게임이 없거든."

"그런 것 같아…. 수첩 거기에 둔 거 너였지?"

"혹시 밤에 찾으러 왔어? 그럼 헛걸음했겠네. 미안."

"아니야. 네 덕분에 수첩이 비 안 맞았잖아… 읽었어?"

"말하려고 했는데, 처음 딱 한 장만 읽었어. 처음부터 일기라는 걸 알았으면 읽지 않았을 거야. 나는 함부로 남의 일기 훔쳐보는 사람은 아니니까."

"내가 어떤 사람인지 알겠네?"

"네가 원하지 않았을 것 같은데 미안해." 나는 고개를 끄덕거리며 말했다.

"내 마음이 어떤지 잘 모르겠어. 남들이 알아줬으면 할 때도 있고 그냥 모른 척해 주기를 바랄 때도 있고. 근데 너 거기 안 아파? 아파 보이는데."

"아, 이거? 아픈 건 모르겠고 가려운 것도 아닌 것도…. 고민하기 없기다. 더 좋아하는 사람은 시훈 아니면 신우." 내 입에서는 시훈의 이름이 흘러나왔지만 시훈이 입에서는 신우라는 이름이 내 대답보다 더 빠르고 크게 튀어나왔다. 의도와 본능의 차이처럼 느껴졌다.

"좋아한다는 말을 싸우자는 말로 알아듣는 애가 아직도 좋냐, 너는?"

"…."

"아니. 걔가 좀 심하게 말하는 것 같아서. 때릴 수도 있을 것 같은 기세라." 시훈의 눈치를 보며 변명하듯 이어 말했다.

"다른 애들에 비하면 나는 아무런 일도 일어난 게 아니야."

"그게 무슨 말이야?"

"내가 아는 어떤 애는 고백했다가 죽을 만큼 맞았어. 그리고 아웃팅 당하기도 하고."

"동성애자들이 고백을 했다가 위험에 처할 수도 있다고 생각해 보지 못했어. 너는 내가 처음으로 만난 동성애자야. 그래서 상처 주지 않기 위해 어떤 것을 안 해야 하는지 잘 모르겠어."

"너는 좀 다르네. 많은 사람이 '뭘 해줄까'라고 묻지 뭘 안 해야 하는지 알려고 하지는 않거든. 나는 사람들에게 뭘 해 달라고 바라는 건 싫은 것 같아. 어떤 사람들은 요구하는 게 있다는 이유로 우리를 싫어하기도 하고." 시훈이 안경을 벗어들고서 나를 쳐다봤다. 안경 없는 시훈의 얼굴은 초점 흔들린 사진처럼 흐릿했다. 처음 보는 사람처럼 느껴져서 바짝 긴장됐다.

"안경 써! 나 얼굴인식불능증 있어." 목소리가 고음으로 뒤집혔다. 시훈이 놀라 재빨리 안경을 다시 쓰며 말했다.

"나 쳐다보는 사람 꽤 많은데."

"잘생겼다고 말하고 싶은 거면 나에게 아무 의미 없어."

"얼굴이 잘생기거나 예뻐도 알아보지 못한다는 말이야?"

"알아보지 못해. 내가 아는 연예인은 보조개가 특이한 어도현뿐이야. 그것도 착한 어도현. 어도현이 악역을 하게 되면 못 알아봐."

"어떤 의미로는 사람을 참 잘 알아보는 거겠다."

"완전 신박하기는 하지만 그게 그렇게 단순하지가 않단다. 아는 척하지 않는다는 오해를 받아 한동안 만나는 누구에게나 웃음부터 지어 보인 적이 있었거든. 나를 아는 사람들이 내가 아는 척하지 않는다는 오해를 하지 않게 됐지만 어떤 남자애가 내가 자기를 좋아해서 웃는다는 또 다른 오해를 했어. 나를 전혀 모르는 사람에게는 이상한 사람 취급도 받았고. 웃는 방법도 최선책은 아니어서 가장 무난하다고 생각하는 나만의 성별, 나이별 대응법이 있을 정도야."

"네가 나를 기억한 건 이 안경 때문이었네."

"처음 시작은 그래. 또래들이 너 같은 안경테는 좀체 하지 않으니까."

"시간이 지나면 안경 없어도 알아보는 거야?"

"아마도 그렇겠지. 자주 만나다 보면 그 사람을 그 사람이 되게 하는 것들을 찾을 수 있으니까."

"이 안경 도수 없어. 왕경태가 쓰는 거야."

"그게 누군데? 연예인?"

"나의 최애." 시훈이 가방에서 꺼낸 건 '시인공감' 수첩이었는데 표지에 시훈과 같은 안경을 쓴, 시훈을 닮은 남자아이 스티커가 붙여져 있었다.

"너 닮았네."

"아니. 내가 왕경태를 흉내 낸 거지."

"왕경태가 좋은 거야? 아니면 안경테를 좋아하는 거야?"

"처음 시작은 안경테였는데 지금은 다 좋아해."

"아! 물병. 사인 같은 거냐?"

"병맛!"

"호, 혹시 말이야. 그날 도서관에서 엽서 잃어버렸어?" 경쾌하기 그지없는 시훈의 대답에 당황해 버벅거리며 물었다.

"맞아. 네가 주웠어?"

"아니 어떤 여자애가 가져다줘서 응모함에 넣었어. 거기에 그려진 병에는 금이 가 있던데."

"저기 봐 봐! 다 달라. 지금까지 같은 노을을 본 적이 없는 것 같아." 시훈이 가리킨 하늘은 가장자리부터 오묘한 파랑이 돋아나고 그 위로 붉은 보랏빛이 층을 이루고 있어 신비스러운 분위기를 풍겼다.

"너 절대 병맛 아니야."

"병맛에 조금씩 금이 가고 있는 중. 언젠가는 와장창 깨지겠지?" 시훈의 말에 나는 고개를 힘차게 끄덕였다.

같은 아파트인 줄 알았는데 시훈의 집은 둑길에서 가까운 주택단지에 있었다.

둑길에서 돌아와 옷을 막 갈아입고 있을 때 이모가 방문을 벌컥 열었다. "쫌! 쫌!"이라는 말이 저절로 나왔다. 뒤늦게 이모가 열려 있는 문을 똑! 똑! 두드려 노크했다.

"이제 순서 바꿀 때도 되지 않았어?" 내가 툴툴거렸다.

"이모 나이 어르신은 갑자기 습관 같은 거 바꾸고 그러면 못써요. 너 이모가 갑자기 노크하고 문 열거들랑 필히 병원에 모시고 가야 한다."

"네네."

"기분은 나아진 것 같네." 이모는 내 목소리만 들어도 내 기분을 아는 것 같다. 이모 손에 책 바구니가 들려 있었다.

"잊었다!"

"그날 네가 모른 척한 책. 음, 상대가 오는 것도 방문, 문고리가 있는 이것도 방문이야."

"못 본 줄 알았더니, 그래서 방문이 어떻다고?"

"그냥 그렇다고. 토르 고향은 어딜까?" 이모가 토르를 안아 들고 말했다. 토르 한쪽 귀에 붙어 있는 가죽 꼬리표에는 ㅇ ㄱ ㄴ ㅇ, 네 개의 자음이 수놓아져 있고 이모와 나는 가끔 이것을 두고 놀이에 빠진다.

"아기놈이!"

"에이! 그건 아닌 것 같다. 혹시 응가누어?"

"응가누어는 맞을 것 같아? 누가 누가 더 웃긴가도 아니고."

"그른가? 나는 지금 방문을 열고 나가려고."

"이모! 토르는 가고 싶지 않은 것 같은데." 토르를 안고 있는 이모에게 말했다.

"나는 토르가 나랑 가고 싶은 줄 알았지. 토르야! 너 이모랑 가고 싶지?"

"아니요. 저는 가나가 세상에서 제일 좋답니다." 아기 목소리로 말했다.

"거짓말! 거짓말!" 이모가 웃긴 동작을 하며 방을 나갔다.

《슬픔의 방문》 앞표지는 짙은 노란색 바탕에 목둘레가 진초록 방울로 장식된 흰색 옷을 입은 중년 여자가 그려진 그림이다. 여자 얼굴은 이국적으로도 토속적으로도 보인다. 책 표지를 넘겼다. 표지 안쪽에 영어로 그림 제목이 쓰여 있었다. 오닉스 목걸이를 한 여인. 목둘레 진초록 방울은 옷에 달린 장식이 아닌 오닉스라는 보석이라는 걸 알았다. 다시 표지를 봤다. 살짝 고개를 튼 여자의 시선 끝에 누군가 있을 것도 그 누구도 없을 것도 같았다. 그래서 여자 눈은 슬픔이 고여 있는 것처럼도 모두 비워 내져 텅 빈 것처럼도 보였다. 이런 눈빛 본 적 있는 것 같다.

'누구였을까?'

책꽂이에 책등이 보이지 않게 세워 꽂았다. 다른 책들 사이에서 그 책만 도드라져 보여 한눈에 《슬픔의 방문》인 걸 알 수 있었다.

책상 위에 며칠 전에 주문했던 마우스피스 상자가 놓여 있었다. 이번 마우스피스는 흰색이고 전에 쓰던 것보다는 단단하다. 새로운 마우스피스를 성형하려 거실로 나갔다. 이모는 방에 들어갔는지 보이지 않았다. 전기 포트에 물을 끓여 유리그릇에 부은 뒤 욕실로 가져갔다. 마우스피스를 넣었다. 딱딱하던 것이 어느새 부드러워졌다. 이에 맞춘 뒤 입을 다물었다. 꺼내서 보니 약간 틀어졌다. 그 사이 물이 식었다. 다시 물을 끓여 와 부었다. 마우스피스를 담그기에 적당한 온도가 됐다. 부드러워진 마우스피스를 입에 넣고 이번에는 좀 더 신중하게 입을 다물었다. 내 이에 딱 맞게 마우스피스를 성형하는 과정은 까다롭다. 완성한 마우스피스를 칫솔질한 후 물기를 털어 이에 끼웠다. 입을 몇 번이나 벌렸다 닫았다 했다. 크게 불편하지 않았다.

"누구였을까?" 마우스피스를 낀 채로 말했다. 어눌해진 발음만큼 기억이 한층 더 흐릿해진다. 출렁이던 마음이 차츰 가라앉는 것 같다. 마우스피스는 여러모로 나의 평화를 지켜 준다.

# 3

　땀구멍이 열려 있어서인지 탈의실에서도 연신 땀이 흘렀다. 검도복 등과 목 그리고 겨드랑이 부분은 땀에 절어 다른 곳에 비해 더 짙은 색으로 보였다. 샤워를 마치고 옷을 입을 때 톡 알림이 울렸다. 시훈이였다. 검도장 앞에서 기다리고 있다고 했다. 내가 검도장 문을 열었을 때 누군가 재빨리 뛰어가는 것이 보였다. 계단을 두 칸씩 뛰어 올라갔다. 간판을 등지고 고개를 숙이고 서 있는 사람이 있었다. 시훈이라는 걸 단박에 알아봤다. 어떻다고 꼭 짚어 말할 수는 없지만, 뒷모습에는 그 사람이 그 사람이 되게 하는 분위기가 있다.

　"도시훈! 들어오지 그랬어?"

　"아! 어떻게 난 줄 알았어?"

　"도시훈이라고 써 붙여져 있는데." 시훈이 놀라며 등으로 손을 가져가 뭔가를 찾으려 했다.

"티셔츠 뒷면에 뭐라도 붙은 줄?"

시훈은 그런 적이 많았다고 말했다. 특히 기억에 남는 건 '백도'라며 초등학생 때 별명이었다고 했다. 정확히 말하면 '미스 도'에서 '백도'로 바뀐. '미스 도'로 부르면 혼나니까 어느 날부터 아이들은 '백도'라고 부르며 윷놀이에 있는 백도라고 우겼다고 했다. 나는 시훈처럼 곱상하고 조용하게 행동하는 남자아이에게 잘 붙는 별명이 미스라는 걸 알고는 있었지만, 당황해 눈썹 위 상처를 검지로 문질렀다.

"당황, 미안, 난처, 곤혹, 혼란, 복잡 등등."

"뭔데?"

"주로 이럴 때 거기가 가렵다고 생각하는 거 아냐?"

"생각해 본 적 있었나? 없는 것 같은데."

"우리 맵떡 먹을래?" 시훈이 조심스럽게 말을 꺼냈다.

"너 동공 무지 흔들려. 매운 거 못 먹지? 먹지도 못하면서 먹자고 하는 거야?"

"기위로 눌러 봐야지."

"기위는 검도에서 쓰는 용어인데 어떻게 알아?"

"나도 일 년 정도 검도 다녔어. 어쩔 수 없이 그만두긴 했지만."

시훈은 맵떡을 먹는 동안 물을 연거푸 들이켰고 눈에 보이는 부분이 전부 빨갛게 변했다. 입술도 부푼 것 같았다. 나는 맵찔이라고 시훈을 놀렸다. 떡볶이집을 나오자 맞은편에 뭐든 다 있다는 가게 간판이 보였다.

"행복 만들기 할래?"

"그게 뭔데?"

"가 보면 알아."

가게 안으로 들어가 네임스티커 기계가 있는 곳으로 곧장 갔다.

"너 행복중이지? 그럼 네임택은 시훈 행복ing 3."

"어쩐지 행복한 것 같아."

"이제 병맛 하지 말고 다른 맛 해라. 이번엔 내 차례. 어서 빨리 나에게도 행복을 다오!"

"잘 모르겠는데 방법 좀 알려 줘." 시훈이 머리를 긁적이며 내게 물었다.

"아이스크림! 아이스크림!"

나는 '슈팅 스타', 시훈은 '엄마는 외계인'. 시훈은 걸으면서 먹기 편하게 콘 아이스크림으로 받았고 나는 스푼으로 떠먹어야 슈팅 스타 알갱이가 입안에서 톡톡 터트려진다며 컵으로 받았다. 양손을 써야 해서 자전거는 시훈이 대신 끌어 줬다.

"슈팅 스타 먹을 때 노래 들으면 훨씬 더 맛있는데."

"듣고 싶은 거 있어?" 시훈이 연예인들이 사용해 다시 유행하게 된 유선 이어폰 한쪽을 내밀었다. 나는 손으로 시훈과 나의 키 차이를 가리키며 고개를 저었다. 내 말뜻을 알아들은 시훈이 Y자 모양의 이어폰 줄을 조절해 다시 내밀었다.

"너 벨 소리 처음 들어 보는 노래더라."

"좀 이상할 수도 있어. 그래도 괜찮아?"

앞에서 근처 남중 교복을 입은 남학생 세 명이 욕을 섞어 떠들며 다가오고 있었다. 나와 시훈은 동시에 걸음을 멈췄다. 시훈은 긴장한 것 같았다. 재빨리 내가 끼고 있던 이어폰을 빼 시훈의 귀에 꽂았다.

"꺼져! 씨불탱." 어깨동무하려는 남학생을 피하며 어떤 남학생이 말했다.

"씨댕! 느끼냐?" 어깨동무하려던 남학생이 웃으면서 말했다.

"게이냐?" 나머지 남학생이 말했다. 남학생 세 명의 입에서 동시에 "으! 으! 으!"라는 소리가 흘러나왔다. 남학생들이 빠르게 멀어졌다.

"게이가 뭐 어때서." 혼잣말처럼 중얼거렸다.

"나도 저 아이들처럼 장난치며 놀기도 했었어. 다른 사람이 때리는 거면 아프다는 생각이 들 텐데 내 손으로 내 뺨을 때리는 것 같아서 아프지는 않고 부끄럽더라."

"으음! 우리 노래가 다 끝날 때까지 앞으로, 앞으로 해 볼래? 지구는 둥그니까."

"듣기 거북할 수도 있어. 나의 최애를 다른 사람은 좋아하지 않을 수도 있다는 건 이미 알고 있어. 상처받지 않아." 시훈의 표정은 말과는 다르게 벌써 상처받은 것처럼 보였다.

"지금의 너를 말해 주는 거 아니야? 시인공감 하고 싶은데."

시훈이 최애라고 말한, 처음 들어 보는 그룹의 처음 들어 보는 노래는 막 시작하는 동성 커플의 사랑에 관한 내용이었다. 손을 잡고 싶은 마음, 예쁘다는 말을 듣고 싶은 마음. 동성의 사랑하는 마음도 이성의 그것과 하나도 다르지 않았다.

"하나도 이상하지 않아. 어디선가 읽었는데 사람들이 자기를 대해 주길 바라는 방식으로 자기 스스로가 먼저 행동해야 한다고 하더라." 이어폰이 귀에서 빠졌다. 시훈과 거리가 멀어져 있었다. 시훈이 멈춰 선 채 나를 바라보고 있었다.

"안 오고 뭐 해?"

"한 번도 그런 생각 못 해 봤어."

"뭘?"

"내가 먼저 행동해야 한다는 거. 내가 원하는 방향으로."

슈팅 스타 알갱이가 입안에서 톡톡 터졌다. 두 개의 횡단보도를 건너고 사진관 앞을 지난다. 벽에 걸려 있는 흰색 티와 짙은 색 청바지를 맞춰 입고 찍은 가족사진을 보며 무심한 척 물었다.

"너도 4인이야?"

시훈은 처음에는 내가 무엇을 묻는지 모르겠다는 듯 어리둥절한 표정을 지었다. 가족 수라고 내가 덧붙이자 그렇다며 고개를 끄덕였다.

"그런 걸 물어보는 또래는 처음이야."

가족 수를 누구에게 물어본 건 나도 이번이 처음이었다. 사람은 당연한 것을 묻지 않는 건 물론이고, 당연하지 않다고 생각하는 것도 쉽게 묻지 못한다고 생각했다.

아파트 단지를 지나고 또 횡단보도를 건넜다. 플레이리스트 속 음악이 끝난 곳은 산으로 앞이 막힌 아파트 단지 안 놀이터였다.

"사비 탈래?" 내 물음에 시훈이 그게 뭐냐는 표정을 지었다.

나는 우리 학교 운동장에 있는 시소에 관해 말했다. 사비는 사랑의 비율을 줄인 말인데, 시소는 기본적으로 남을 배려하는 마음이 있어야 가능한 놀이여서 붙은 이름이라고 설명했다. 또래 상담소 역할과 우리 학교 사랑 고백 핫플이라고도 말했다. 사비에서 심각한 이야기를 할 때는 나란히 앉아서 하고 소소한 이야기나 놀이를 할 때는 마주 보고 앉아서 하는데, 누군가 사비에 나란히 앉아 있다면 방해하지 않도록 가까이 가지 않는다는 암묵적인 룰이 있다. 내 설명을 묵묵히 듣고 있던 시훈이 먼저 시소 중심에 다리를 붙이고 앉더니 나에게도 옆에 앉으라고 했다. 뭔가 심각한 이야기를 할 생각인 것 같았다.

"나는 열두 살에 알았던 것 같아."

"뭘?"

"내가 어떤 사랑을 하는 사람이 될지 말이야."

"그렇게나 빨리 알게 되는 거구나."

"나는 그렇게 빠른 편이 아니야. 내가 왜 검도 그만뒀는지 알아? 몸이 반응해서. 그래서 검도장에 다시 못 갔어." 처음에는 시훈이 무슨 말을 하는지 잘 이해하지 못했다.

"몸이 반응… 이갈이 같은 건가." 작게 중얼거렸다.

"너 이 갈아?"

"심해졌어. 너는 보기만 해도 눈물 나는 게 있어?"

"글쎄. 없는 것 같은데. 너는 있구나?"

"바람에 날리는 흰색 시폰 커튼… 생존자. 무슨 뜻인 줄 알아?"

"살아 있는 사람?"

"그런데 거기에서는 다른 뜻이 있는 것 같았어."

"다른 뜻이 있어? 거기가 어딘데?"

이모가 보고 있던 텔레비전 프로그램에 관해 이야기했다. 나중에 확인해 보려 했지만, 이모의 시청 이력이 삭제돼 있어 찾을 수 없었다고도 말했다. 시훈은 핸드폰으로 생존자의 의미를 검색하더니 살아 있는 사람보다는 살아남은 사람이 왠지 더 치열하게 느껴진다고 말했다.

"생존자 앞에 내가 미처 못 들은 단어가 있었어. 그런데 그걸 알고 싶기도 알고 싶지 않기도 해."

"알게 되면 아플 거라서 방어 기제가 작동하고 있는 것은 아닐까?"

"나도 모르게 작동하는 방어 기제…. 그럴지도 모르겠네." 나는 고개를 끄덕거렸다.

시훈은 남자아이들이 여자 교생 선생님을 좋아할 때 자기만 남자 교생 선생님을 좋아해서 엄마에게 늘 남자 교생 선생님에 관한 이야기만 했다고 한다. 어느 날 엄마는 그 이야기를 남들에게 하면 이상하다고 생각한다며 둘만의 비밀로 하자고 했다. 그날 엄마의 눈빛은 슬퍼 보이기도 불안해 보이기도 했다고 시훈이 말했다.

"너는 기분이 어땠어?"

"내 기분? 한 번도 생각해 보지 않았는데. 슬펐던가?" 시훈이 고개를 갸웃하며 말했다.

"애어른이었네." 나처럼이라는 말은 하지 않았다.

"엄마라서인지 나보다 더 먼저 아셨던 것 같아. 하지만 지금까지도 모른 척하셔. 나는 엄마가 알고 있다는 걸 모른 척하고 엄마는 내가 모른 척한다는 걸 모른 척하고. 알고 싶으면서도 알고 싶지 않을 땐 조금 더 미루는 것도 괜찮은 방법인 것 같아."

"회피한다고 해결되는 건 아니잖아?"

"회피 아니고 익숙해지는 과정. 그리고 꼭 모든 걸 해결해야만 하는 걸까?"

"필요 없는 일도 있겠지만 어떤 일에는 꼭 필요하다는 생각이 들어."

"가족에게 나에 관해 말할 수 있을 때가 오면 미안하다는 말로 시작하려고. 말하려는 사람이나 듣는 사람에게 최소한 마음의 준

비를 하게 해 주는 표현 같아서."

"우리 이모가 그러는데 어쩔 수 없는 건 사과하는 것이 아니래."

톡 알림음이 울렸다. 이모였다.

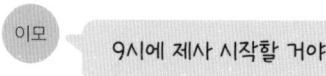

이모
9시에 제사 시작할 거야

엄마의 제사. 뭔가를 생각하게 된 이후부터 제사라면 겨울이어야 할 것 같다고 생각했었다. 엄마가 돌아가신 뒤 곧바로 이모와 살기 시작한 때가 겨울이었으니까. 여름에 제사를 지내는 것이 이상했지만 이모에게 한 번도 그 이유를 물어보지는 못했다. 왠지 물어보면 안 된다고 생각한 것 같다.

"날마다 조금씩 싸우지 않으면 결국 지고 만다고 하더라. 가자!"

나는 결의가 가득한 목소리로 말했다.

어떤 사람이 의류 수거함 속으로 옷을 밀어 넣다가 더는 안 들어가는지 옷을 도로 꺼내고 있었다. 아마도 정리를 해서 다시 넣으려는 것 같았다. 그때 익숙한 옷이 눈에 들어왔다. 설마 이모가 강아지 털옷을 버렸을까 싶어 비슷한 옷일 거라는 생각에 그냥 지나치려 할 때였다. 익숙한 섬유 유연제 향을 맡을 수 있었다.

"잠깐만요!"

의류 수거함 입구에 걸려 있는 것은 이모의 강아지 털옷이었다.

10년을 봐 온 강아지 털옷을 더는 못 본다고 생각하자 진짜 강아지를 잃어버리면 이런 기분이 들까 싶었다.

강아지 털옷을 꺼내 들어 공중에다 먼지를 탈탈 털었다.

치즈케이크 위에 'I LOVE YOU' 촛불이 타고 있다. 가나초콜릿, 데미소다 사과 맛, 풍선껌, 빨간 자두. 자두는 하나하나 물기를 제거하고 닦아서 반짝반짝 윤이 났다. 와인 잔에 따라져 있는, 체리 주스로 보이는 빨간 액체. 제사상은 거의 모든 것이 몇 년째 복붙 수준으로 그대로인데 이건 처음 등장한 메뉴다. 제사상이라고 생각할 수 없는 조합이지만 이모가 기억하는 엄마가 좋아하던 음식들이라고 한다. 어쩌면 내가 좋아하는 큰산식혜도 엄마가 좋아하던 것이었을지도 모른다.

"엄마 제사라면 겨울이어야 하지 않아?"

"뭐 기억나는 거라도 있어?"

"눈빛이 왜 흔들려?"

"그런 적 없는데."

"그거야 당연한 거 아니야? 이모랑 겨울부터 살기 시작했으니까."

"아, 생일이지. 오늘은 생일… 마침 여름이라서." 모르고 있던 엄마의 생일을 알게 됐다. 죽은 사람에게 생일이라니. 도무지 말이 안 된다고 생각했다.

"여름이라서 뭐?"

"자두 먹을 수 있잖아." 죽은 사람의 제사를 생일에 지내는 이유가 자두를 먹을 수 있어서라니. 엄마의 제사상에만 오르는 자두. 이모와 나, 둘 다 먹지 못해 잼이 되는 자두. 가볍지 않은 고민에 대한 답치곤 너무나 어이없는 얘기라는 생각을 할 때 이모가 유리잔에 따라져 있던 주스를 단숨에 마셨다. 아까는 못 봤던 '오디주'라고 써진 술병을 확인하고 깜짝 놀라 소리쳤다.

"이모! 그거 술 아니야?"

이모는 이 정돈 음료라며 나에게 한 잔 더 따라 달라고 빈 잔을 내밀었다. 나는 눈을 흘기며 잔에 오디주를 따랐다. 잔을 채우지 않자 이모가 술잔은 채워야 제맛이라고 말했다. 그동안 이모가 술 마시는 걸 본 적이 없어서 낯선 모습이었다.

"갑자기 웬 술이데?"

"그러게." 이모가 윙크하듯 한쪽 눈을 게슴츠레 뜨며 실없이 웃었다.

"같이 술 한 잔 마신 적이 없네. 한 잔…."

"나 아직 미성년자야."

"그래. 너는 아직 미성년자지." 이모는 엄마 제사상을 바라보며 술잔을 공중에서 부딪쳤다. 같이 술 한 잔 마신 적 없다고 한 대상은 내가 아니라 엄마인 것 같았다.

"한 잔 더!"

"웬 욕심일까? 마시지도 못하면서."

"너 모르는구나? 이모 겁나 술 잘 마셨는데."

"아, 몰라봐서 죄송. 겁나 잘 마시는 술 그동안 어떻게 참았대?"

"이모는 말이다. 어린아이를 키우는 건 늘 돌발 상황이라고 생각해. 음주 상태로 최소한의 대응도 못 하는 건 직무 유기지. 그런데 너무 마셔 버린 것 같다. 정신 차려야지. 얍! 얍! 얍!"

이모가 정신을 차리겠다며 자기 뺨을 때렸다. 제법 찰지고 큰 '참! 참!' 소리가 났다. 아플 것 같은데 이모는 모르는 것 같다.

"나 어린애 아니야. 그때는 어렸을지 몰라도."

"너 어린애야. 여전히."

나는 이모에게 아무 염려도 하지 말고 맘껏 마시라고 말했다. 이제 이모를 위해서도 나를 위해서도 최소한의 대응 정도는 나도 할 수 있다며. 이모가 천천히 고개를 끄덕거렸다.

이모 등 뒤로 피아노 위에 놓인 액자가 보였다. 사진 속 엄마는 흰 티셔츠에 단추가 달려 있어 남자들 양복 조끼처럼 보이는 초록색 조끼를 입고 긴 생머리를 한 어린 모습이다. 아기인 나를 포대기째 안은 자세는 서툴지만 얼굴엔 다정한 미소를 띠고 있다. 엄마와 내가 함께 찍힌 사진은 이것뿐이다. 이 사진마저 없었다면 엄마가 나의 엄마였고 내가 엄마의 아기였다는 사실을 아무도 모를 수도 있었다. 엄마가 된 엄마를 이모는 본 적이 없었고 나는 엄마를 기억하지 못하니까.

이모가 아무런 말이 없었다. 이모 얼굴을 보고 흠칫 놀랐다. 눈에 보이는 부분이 다 새빨갛다.

"물 마셔." 컵을 내밀었다. 이모가 컵을 받아 들며 말했다.

"진짜 쪼그마했는데, 내 조카 진짜 다 컸네. 이모 마음이 아주 뿌듯해! 뿌우듯!"

이 키가 다 큰 거면 진짜 노답이라는 내 말에 이모는 자기가 아는 어떤 사람은 스무 살까지도 컸다며 아무 걱정 하지 말라고 했다. 전에도 몇 번이나 들었던 말이다. 나는 이모가 말한 스무 살까지 키가 큰 사람이 아마 아빠일 거라고 짐작할 뿐이다. 엄마에 대한 기억이 구간 삭제된 것 같은 느낌이라면 아빠에 대한 기억은 애초에 없었던 것 같다는 느낌이다. 가져 본 적이 없어 궁금함도 있을 수 없다고 여겼다. 하지만 가끔 키가 큰 남자를 보면 이모가 한 말이 떠오르고 어쩌다 그런 사람과 눈이라도 마주치면 혹시나 하는 생각을 하게 된다.

"음… 생일을 지내는 건 떠난 것 같지 않아서. 계속 옆에서 나이를 먹어 가는 것 같은 느낌이 들잖아. 여전히 옆에 있는 것 같아."

없다는 걸 알면서도 인정하지 않아서 있는 것 같은 느낌이 드는 거라고 생각했지만, 아무 말도 하지 않았다. 내가 말이 없자 이모는 이별을 확인하는 건 슬프다고, 아무런 준비도 안 됐는데 마음대로 떠나 버리는 건 너무 밉다고 말했다.

"준비된 이별은 슬프지 않을까? 사고는 마음대로 되는 것도 아니잖아."

"그런가? 그렇지…. 슬프지 않은 이별이 어디 있겠어. 넌 나의
행운이야."

이모는 술에 취한 것이 분명하다. 이런 닭살 돋는 말은 제정신
일 때 절대 나올 수 없다.

"말해! 부탁할 게 뭔데?"

"아무튼 네가 이만큼 자라서 정말 좋다는 걸 말하는 거지."

"왜 또 이렇게 전개가 되는 거? 그래 알차게 부려 먹을 수 있어
서 좋다는 말이지?"

"어랏! 들켰네. 나는 세상에서 설거지가 제일 싫은 사람이라네."
이모가 노래 부르듯 말을 했다.

"그래. 내가 설거지할게."

"아휴 좋아라." 이모가 그릇들을 날라 와 설거지통으로 집어넣
었다.

"설거지할 때 뭐가 제일 싫은 줄 알아?" 이모를 흘겨보며 말했다.

"바로 이런 거?" 이모가 밉상인 표정을 지으며 음식물이 묻어
있는 그릇을 설거지통에 연달아 넣었다.

"잘 아네."

"그럼 네가 정리하지 그랬냐? 오우! 오우! 오우!"

"아휴! 설거지가 제일 싫은 사람한테 어떻게 설거지를 미루냐?"

"가! 나! 다! 라! 마! 바! 사! 사랑한단 말이야. 자두! 아이 셔!"

저절로 인상이 써졌다. 지금 이모 표정 역시 어떨지는 보지 않고도 알 수 있었다. 이모와 나는 신 것을 못 먹는다.

"상이나 닦아 주세요!" 정적. 뒷머리가 서는 것 같은 느낌.

"이모! 알코올 솜으로 상 닦아. 냄새난다."

이모는 여전히 아무런 말이 없었다. 심장이 정신없이 뛰었다. 뒤돌아섰을 때 이모가 거기에 없을까 봐 겁이 났다. 사라져 버렸을까 봐 뒤돌아서는 것이 두렵지만 확인을 해야 한다. 천천히 뒤돌아섰다. 다행히 거기에 이모가 등을 보이며 서 있었다. 달려가 이모 허리를 꽉 껴안고 큰 소리로 말했다.

"도망 못 가!" 힘을 줬다. 절대 빠져나가지 못하도록. 큼큼 소리를 낸 이모가 배 터지겠다며 놔 달라고 했다. 내가 이모에게 정리도 안 하고 도망간 게 한두 번이냐고 말하자 이모가 자기는 그런 적이 한 번도 없다고 발뺌했다. 머릿속으로 아주 짧은 시간 동안 느낀 이모의 부재였지만 너무 그리운 이모 냄새, 이모의 틱틱거리는 말소리, 이모의 체온이었다. 이모 몸이 떨린다는 걸 알았다.

"더운데 이제 좀 떨어지지."

"더 있으라고 해도 안 있을 거거든. 잠깐만 기다려 봐." 나는 내 방으로 들어가 강아지 털옷을 가지고 나왔다. 강아지 털옷을 보는 이모 눈이 반달로 휘었다.

"옷 수거함에 버렸는데."

"내가 싫어하니까?"

"꼭 그런 건 아니지만… 너무 집착하는 것도 같고." 나를 되찾아 준 옷이라며 이모는 강아지 털옷을 과할 정도로 애지중지했다.

"집착 아니고 사랑 아닐까요? 이모님!"

"어떻게 그런 생각을 했어?"

"일 안! 우리 검도인에겐 관찰하는 눈이 제일 중요하지요."

"검도 보낸 보람 있어."

"인심 한 번 더 쓰지. 뒷정리도 내가 할 테니 이모는 들어가 쉬어."

"멋진 청소년 같으니라구. 그럼 신세 좀 지겠습니다." 이모가 깍듯하게 고개를 숙였다.

"신세라면 언제나 제가 더 하면 더 하쥬." 과장해서 고개를 깊숙이 숙였다.

한 입도 베어 먹지 못한 빨간 자두에는 잇자국만 상처처럼 짙은 색으로 남아 있었다. 눈을 꼭 감고 자두를 크게 베어 물었다. 너무 신맛이라 그런지 쓴맛처럼 느껴지기도 했지만 씹을수록 단맛도 느껴졌다. 자두의 맛은 이런 거라는 걸 처음 알았다.

얼굴을 찬물로 헹구고 있을 때 수건 보관함에서 톡 알림이 울렸다. 이모가 '문지기님'이라고 저장한 사람에게서 온 것이었다. 톡이 사라지기 직전에 검지를 얼른 갖다 댔지만, 핸드폰 화면이 까맣게 변했다. 이모의 예전 핸드폰에만 내 지문이 추가로 설정돼 있다는 사실을 잊고 있었다. 패턴을 그렸다. 패턴도 달라졌다. 내가 이모의 문자를 읽지 못하게 하려는 것 같았다. 이모의 전 남친 톡을 내가 읽은 것을 이모가 알고 있다는 말이기도 했다.

이모는 오래 사귄 남자 친구랑 헤어졌다. 이별의 이유는 딱히 없고 상황이 자연스럽게 흘러갔다고 했다. 나는 이모의 말을 그대로 믿고 있었는데 이모의 전 남친이 며칠 전에 장문의 톡을 보내왔고 마침 내가 그것을 읽었다. 톡은 조카 문제라는 글로 시작되고 있었다. 이모의 시간에 불쑥 끼어든 여섯 살이 열여섯 살이 됐다. 이모가 남자 친구와 헤어진 데 내 지분이 크다는 걸 확실하게 알게 됐지만 나는 여전히 다른 이유를 찾고 싶어진다. 동굴이 필요했다. 텐트를 치는 동안 동굴이 필요했던 이모의 마음을 생각해 봤다. 조금은 이해할 수 있을 것 같았다.

"이이모모님!님!님!님! 이이모모님!님!님!님!" 내가 부르는 소리에 이모가 방문을 열고 나왔다. 텐트를 보더니 놀란 눈치였다.

"김일영 씨 조명 꺼 주세요."

"연로하신 이모님에게 자꾸 이런 허드렛일 시키면 못쓴다." 이모는 말은 그렇게 하면서도 선선히 거실 불을 껐다. 용돈을 모아 산 우주인 무드 등을 켰다. 천장에 오로라가 펼쳐지고 별밤이 펼쳐지고 은하수가 펼쳐졌다.

"곰에게 주변에서 아무리 곰이 아니라고 해도, 곰이 스스로 곰이라고 증명을 해 보이지는 못한다고 해도, 곰의 몸이 겨울잠을 잊어버린 건 아니잖아."

"너 겨울잠 필요해?"

"나도 이모도 필요할 것 같아서."

"나는 이제 겨울잠은 필요 없다네… 캠핑 온 것 같다." 이모가 내 옆에 누워 천장을 바라보며 말했다. 천장에 펼쳐지는 오로라는 계속 다른 모습으로 바뀌는 것처럼 보일 뿐 곧 반복되는 패턴임을 알 수 있었다.

"벌써 지루해. 반복되는 거잖아." 내가 실망스럽다는 듯 말했다.

"다음에 어떤 모습의 밤하늘이 펼쳐질지 예상할 수 있지만, 그럼에도 설렌다." 이모가 여전히 황홀하다는 듯 천장을 바라보며 말했다.

"책 제목 생각나?"

"무슨? 아! 선물 있어?"

"이런 물욕에 찌들어 있는 이모 같으니라고."

"그래서 선물 있냐고?"

"있지. 아주 좋고 아주 고가이고 아주 반짝거리는 신상으로."

"정다압! 정다압!《난 곰인 채로 있고 싶은데…》."

"딩동댕동!" 이모가 내 턱에 두 손을 바짝 붙이고 두 눈을 장난스럽게 깜빡거렸다. 선물을 달라는 말이다. 나는 주머니에 넣어 둔 이모 핸드폰을 꺼내 선물이라며 내밀었다. 이모는 순 날강도라 말하며 어떻게 자기 물건이 선물로 둔갑한 거냐고 웃었다.

"이모!"

"말해!"

"아니다."

"아닌 게 아닌데? 누굴 속이려 들어."

"핸드폰 패턴이랑 비번, 예전 핸드폰이랑 다르더라. 내가 아주 그냥 없던데?" 전에 이모의 핸드폰 속은 나로 가득 차 있었다. 바탕 화면에 있는 사진도 나, 패턴도 내 이름 첫 글자 '가', 비번도 내 생일이었다.

"십 년 주기로 바꾸기로 했다."

"갑자기?"

"보안상의 이유지."

"미안!"

"그런 말 하는 거 아니라고 했지." 이모가 얇은 여름 이불을 끌어당겨 얼굴에 푹 뒤집어썼다. 미라처럼도, 드라마에 나오는 사망 선고를 받은 중환자실 환자처럼도 보이는 모습이었다. 이를 앙다물었다. 이모가 재빨리 이불을 끌어 내리더니 내 손을 잡았다. 나도 모르게 눈썹 위 상처를 긁고 있었다는 것을 알았다.

"미안!" 이모가 말했다.

"그런 말 하는 거 아니라며?"

"그건 어쩔 수 없었던 일에만. 이유가 필요했던 거겠지. 네가 이유가 되는 건 아니지. 그건 진짜 아니지."

이모는 내가 뭘 미안해하는지 이미 알고 있었다.

엄마의 생일을 알게 됐다. 엄마가 태어난 날에 지내는 엄마의 제사. 마음대로 떠나 버린 이별? 이모 말이 이해되지 않는다. 사고는 마음대로 떠나고 떠나지 않을 이유일 수 있는 것이 아니다. 오늘의 기억 발굴 조사는 여기까지.

# 4

박물관 주차장에 대형 버스가 기다리고 있었다. 버스 옆면에는 '시인공감 청소년 큐레이터'라고 적힌 플래카드가 붙어 있다. '시인공감'의 현장 답사 버스였다. 버스에 올라타 먼저 자리에 앉아 있는 사람들을 훑어봤다. 동그란 검정 뿔테 안경을 쓴 시훈이 손을 낮게 들어 알은척했고 통로 반대쪽에 초록색 모자를 쓰고 앉아 있는 여학생이 고개를 획 돌렸다. 내가 못마땅한 것 같았다. 민주라는 생각을 했다. 내가 다가가자 시훈이 엉덩이를 들어 창가 자리로 옮겨 앉았다. 모든 조의 조원들이 버스에 오른 뒤 가장 마지막에 프랜 쌤이 버스에 올랐다.

첫 번째 현장 답사 장소는 수성리 석실분이다. 현장 답사 자료집에서 석실분에 대한 정보를 읽었다. 이 석실분은 35년 전 봄나물을 뜯던 마을 사람의 발이 도굴 구멍에 빠져 우연히 발견된 곳이라고 한다. 도굴꾼이 모든 유물을 털어 가 버려 남아 있던 건 무덤 주인의 인골뿐이었다는 설명도 있었다.

버스는 40분쯤 큰 도로를 달리다 비포장 마을 길로 접어들었다. 마을 회관이라고 써진 단층 건물 앞을 지나 산 초입에 다다라서야 멈췄다. 모두 버스에서 내려 걸었다. 길 양옆으로 잘려 나간 풀이 말라 있었다. 건초 냄새가 났다. 프랜 쌤이 며칠 전 예비 답사를 왔을 때 이장님이 풀을 베어 주셨다고 말했다. 숲속으로 난 길을 따라 걸어 올라가다 프랜 쌤이 멈췄다. 프랜 쌤이 석실분이라고 말한 곳 역시 풀이 베어져 깔끔하게 정리돼 있었다.

돌과 돌 사이 흙으로 메운 부분에 있는 도굴 구멍은 한 명이 겨우 들어갈 수 있을 만큼 작아 놀랐다. 프랜 쌤이 먼저 사다리를 타고 석실분 안으로 들어갔다. 순서대로 앞 조가 석실분 안으로 들어갔다 나오면 다음 조가 석실분 안으로 들어갔다. 우리 조는 가장 마지막 차례였다. 다른 조에 비해 여유가 있었다.

석실분 안에는 도굴 구멍 크기만큼 햇볕이 들어와 그 주위로만 밝았다.

"이 부분은 이 세계로 들어오는 길이지. 연도라고 하는데 시체를 안치하는 방으로 연결돼 있어. 입구는 큰 막음돌로 막아 놨지." 프랜 쌤이 랜턴을 비췄다. 커다랗고 편평한 돌이 세로로 서 있는 것이 보였다.

"연도가 다른 무덤들에 비해 짧다고 하던데요?" 민주가 물었다.

"자료집 꼼꼼하게 읽었네. 나는 이렇게 생각해 봤단다. 이승에서 고단했을 망자가 이 세계에서만은 너무 헤매지 말았으면 하는 마음을 담은 건 아닐까? 인골은 여기쯤 두 구가 있었고 특이하게도 마주 보고 있는 모습이었다고 하더라. 두 구 모두 골반뼈 각도가 구십 도를 넘지 않았다고도 하고."

"어떤 의미가 있는 거예요?" 시훈이 말했다.

"통상적으로 골반뼈 각도가 구십 도를 넘지 않으면 남자로 보거든."

"둘 다 남자였다는 말이에요? 그런데 마주 보고 있었다고요?" 시훈의 목소리는 약간 떨리고 있었다.

"딱 거기까지밖에 알 수 없어. 전에는 인골을 지금처럼 중요한 유물로 보지 않았단다. 그래도 그때부터 인골에 관심을 가지고 고인골을 전공한 선배가 있어서 이 정도의 정보라도 확보하게 된 거라는 생각이 들어. 그때는 인골 나오면 이장만 하고 끝냈거든." 프랜 쌤은 인골에 대한 정보가 더 없다며 미안해했다.

"누워 봐도 돼요?"

"누워 보겠다고 하는 사람은 시훈이 네가 처음이다. 필요하다면 해 봐야겠지." 프랜 쌤이 조끼 주머니에서 비닐 몇 개를 꺼내더니 바닥에 깔았다.

시훈이 옆으로 누웠다. 마주 보는 누군가가 있는 것처럼.

마지막으로 석실분 밖으로 나온 프랜 쌤은 '아이스 맨'이라 불리는 인골 '외치'에 대한 이야기를 해 줬다. '외치'라는 이름은 베이징 원인이나 우리나라 가야 소녀 송현처럼 발견된 지역 이름을 따서 지은 것이다.

외치는 알프스 빙하 지역에서 온몸이 꽁꽁 언 채 발견됐는데 경찰들은 처음부터 외치가 피살됐다고 판단하고 수사를 했다고 한다. 하지만 외치는 5300년 전인 석기 시대에 사망했기 때문에 범인은 잡을 수 없었다. 외치는 상상 이상의 정보를 가진 인골이었다. 게놈 분석 결과 어두운 피부색, 짙은 눈 색깔, 남성형 대머리 그리고 비만과 제2형 당뇨병 유전자도 발견됐다고 했다. 민주가 그렇게 자세하게 알 수 있는 거냐고 묻자, 프랜 쌤은 나중에는 마음까지 알 수 있을지도 모르지만, 과학의 발전이 아무리 눈부시다고 해도 분석 결과가 완전한 건 아니어서 초기 게놈 분석 결과에서는 푸른 눈, 금발, 흰 피부였다고 말했다.

"화장을 하면 아무런 흔적도 없이 완벽하게 사라지잖아요?" 누군가 물었다.

"인간은 서로의 기억 속에 흔적을 남기는 동물이니까 물질이 없어진다고 해서 사라진 건 아닐 거야."

기억 속에 흔적을 남긴다는 프랜 쌤 말을 곱씹어 봤다.

"가나야!" 시훈이 나를 불렀다. 시훈 뒤에 초록 모자를 쓴 민주가 있었다. 민주는 무언가 못마땅한 얼굴이었다.

"민주야! 같이 가자. 프랜 쌤이 도시락 조별로 먹으라고 했잖아."내 말에 시훈이 뒤돌아봤다. 민주가 자기 뒤에 있다는 걸 몰랐던 것 같았다.

"되도록이지 꼭은 아니거든."민주가 쌀쌀맞게 말하더니 다른 쪽으로 걸어갔다.

시훈은 난처한 표정을 지었을 뿐 아무런 말도 하지 않았다.

"우리 저기 나무 그늘로 갈까?"

시훈과 나란히 걸어갔다.

"석실분에 계셨던 분들, 연인일 수도 있겠지?"내 말에 시훈의 눈이 커졌다.

"내가 게이여서 나만 그렇게 생각할 수 있을 거라고⋯ 그분들이 내 미래가 됐으면 좋겠다고 생각했어."시훈이 울컥한 듯 말했다.

"더 필요해? 단 게 좋다고 했잖아."후식으로 나온 초콜릿 푸딩을 눈짓으로 가리켰다.

"푸딩 받고 식혜!"시훈이 큰산식혜를 내밀었다.

"오랫동안 되풀이돼 몸에 익은 채로 굳어진 것. 이런 걸 습관이라고 하는 거지."

나는 웃으면서 시훈이 내민 식혜를 받아 들었다.

"그 아이 생각은 잠깐이었고 네 생각을 더 많이 했어. 그러니까 큰산을 산 거야."

"그러네. 그렇다면 너는 이제 나를 더 좋아한다는 거?"

"아이! 그건 아니⋯."

"나는 왜 아닌 건데?" 초록색 모자를 쓰고 있는 민주가 다가와서 소리쳤다. 시훈을 바라보는 민주 눈에 물기가 고이는 것이 보여 당황했다.

"미안해!" 시훈이 고개를 숙였다. 무슨 일인지 알 수 없었지만 확실한 건 둘은 대화가 필요한 상황인 것 같았다.

"자리 비켜 줄게. 둘이 할 이야기 있으면 편하게 해."

"됐어!" 민주가 휙 뒤돌아서 가 버렸다.

"민주와 너, 어떻게 된 거야? 내가 모르는 무슨 일 있었어?"

시훈과 민주는 같은 수학 학원에 다니는데 민주가 자기에게 고백했었고 시훈은 잘 모르겠다는 말로 거절했다고 한다.

"사실대로 말하면 이해해 줄 수도 있지 않을까? 그날 아이들이 수어 박수를 쳐 공감했는데? 분명 민주도 그중 한 명일 거야. 원래 정 없게 말하는 사람에게 의외로 또 따뜻한 구석이 있는 법이라네 친구!"

"자연스럽지 못하다고, 고칠 수 있는 병인데 치료하지 않는 건 잘못이라고 말한 여자아이 기억하지?"

"그런 심한 말을 한 게 민주였어?" 시훈이 고개를 끄덕이더니 말했다.

"민주랑 친해지는 거 쉽지 않겠지?"

"변할 수도 있지. 우리가 원하는 옳은 방향으로." 내 말에 시훈이 고개를 끄덕였다.

점심시간이 끝나고 모두 다시 버스에 올라탔다.

버스로 30분쯤 달리자, 노란색 '공사 중' 깃발들이 꽂혀 있는 곳이 보였다. 고속도로가 날 거라고 했다. 주변은 온통 초록빛을 띠고 있었지만, 깃발들이 꽂힌 자리는 황토가 드러나 있어 그곳만 지금 계절에서 비켜나 있는 느낌이 들었다.

버스는 컨테이너 건물 두 채가 기역 자 모양으로 놓여 있는 공터에서 멈췄다. 컨테이너 건물 위로 커다란 나무 그늘이 드리워져 있었다. '시랑리 주거지 발굴 사무소'라는 명패와 '임시 유물 정리실'이라는 명패가 컨테이너 건물 두 채에 각각 붙어 있었다.

발굴장 휴일이라 현장에는 프랜 쌤의 후배라는 발굴 팀장님만 있었다. 팀장님은 베이지색 발굴팀 조끼를 입고 있었고 머리는 파마가 잘된 모습이었다. 팀장님은 자기 머리를 가리키며 자연산이라고 말했다. 여기저기에서 놀랍다는 반응이 나왔다. 프랜 쌤은 평생 파마 값은 아끼는 거라며 맞장구를 쳤다. 팀장님은 장난스러운 표정을 지으며 프랜 쌤을 향해 양쪽 엄지를 세웠다. 두 사람 사이에 흐르는 공기가 어쩐지 연인들의 그것처럼 다정하고 부드러웠다. 얼마쯤 걸어가다 팀장님이 표지판에 '피트 1'이라고 써진 곳에서 멈춰서 땅바닥을 자세히 보면 두 군데에 윤곽선 표시가 있을 거라며 무엇일지 추측해 보라고 했다. 누군가 엉성한 하트라고 대답했다. 내 눈에도 그렇게 보였다.

"소 발자국 같아요." 시훈이 말했다. 팀장님이 검지와 중지를 비벼서 '똑!' 높고 맑은 소리를 내며 경쾌한 목소리로 빙고를 외쳤다. 다른 한 곳에 대해서는 다들 고개를 갸웃거리고 있었다.

"수레바퀴 자국이야. 이곳은 지대가 낮아 물기가 모이는 지점이고, 땅이 젖어 있을 때 수레 끄는 소가 지나갔을 것이고, 그때 찍힌 소 발자국과 수레바퀴 자국이 그대로 묻혀 보존된 거라고 봐."

"수레바퀴는 나오지 않았나요?" 시훈이 물었다.

"아쉽게도 여기에서는 발굴되지 않았고 빛고을 유적에서 나무로 만든 수레바퀴 일부분이 출토됐어."

"발자국의 깊이로 소의 몸무게를 알 수 있나요?" 내가 말했다.

"자료가 많으면 가능하겠지만 아쉽게도 그렇지 않아서 어려울 것 같아."

10분쯤 야트막한 구릉으로 걸어 올라가다 무수한 흰색 표시들이 있는 자리에 팀장님이 멈췄다. 커다란 원과 원이 그리고 네모와 원이 어느 지점에서는 겹쳐지고 또 어느 지점에서는 분리되고 있는 곳이었다. 집단 취락지 즉 사람들이 모여 생활하던 마을로 추정된다고 했다. 팀장님이 이곳 취락지에는 현재 30여 기가 넘는 집터가 발굴됐고 계속 발굴을 진행 중이라 집터는 더 늘어날 것이라고 말했다. 집터는 대부분이 깊지 않았지만 유독 깊은 집터가 하나 있었다. 팀장님이 집터 안으로 들어가 셨다. 허리 깊이였다.

"여기는 오늘날 부엌." 팀장님이 흙으로 쌓아 올린 곳 위쪽에서 손짓으로 아치를 그리며 부뚜막이 이렇게 있었을 것이고 아래쪽을 가리키며 아궁이 부분이라고 설명했다.

"전혀 상상이 안 돼요."

"위쪽이 파괴돼 있어서 알 수 없지만, 박물관에 전시된 것과 똑같이 생겼어. 박물관에 가서 자세히 살펴보면 될 거야. 부뚜막 주변에서 시루와 토기 등의 조리 도구들도 발굴됐는데 여기서 문제. 이 시대 사람들이 주로 이용한 조리법은 뭐였을까?"

찜이라는 대답이 여기저기에서 나왔다.

"맞아요. 시루는 음식을 찌는 데 사용되는 조리 도구로, 그 당시 사람들은 찐 밥을 먹었을 거라고 유추해 볼 수 있어요."

팀장님이 이번에는 왜 이곳 시랑리 거주 고대인들이 땅속을 파고 들어가 집을 지었을지 생각해 보라고 했다.

"땅속은 온도가 일정해서 냉난방에 유리했을 것 같아요. 게임에서도 너무 춥거나 덥거나 하면 굴을 파고 안으로 들어가거든요." 민주가 대답했다. 팀장님이 손가락을 비벼 '똑!' 소리를 내며 빙고를 외쳤다.

구릉을 내려오며 나도 손가락을 비벼 소리를 내 보려 애썼다. 힘없이 비틀리기만 할 뿐 아무런 소리도 나지 않았다. 뒤쪽에서 웃음소리가 났다. 뒤돌아봤더니 팀장님과 프랜 쌤이었다. 두 사람의 몸은 서로에게 기울어 있었고 머리는 거의 닿아 있었다. 둘 사이엔 누구도 끼어들 틈이 없어 보였다.

"두 분 사귀시는 것 같지?" 시훈이 말했다.

"아마도."

프랜 쌤이 유물 정리실은 발굴된 유물의 복원과 실측 등 발굴 이후의 작업이 이루어지는 공간이라고 설명했다. 임시로 마련된 공간이라 좁으니까 석실분에서처럼 조별로 들어갔다가 나오면 되는데 이번에는 역순으로 진행한다고 했다. 우리 조가 첫 번째 순서였다. 팀장님이 유물 정리실 안에서 기다리고 있었다. 책상 위 바구니 안에 시루가 놓여 있었는데 여러 조각으로 깨져 있는 것을 붙여 놓은 것 같았다. 빈 곳도 몇 군데 있었는데 찾지 못한 조각 때문이라고 했다. 방안지 위에 시루가 그려져 있었다. 팀장님이 바구니 안에 들어 있는 것들은 실측에 필요한 도구들이라고 말했다. 바구니 안에서 대형 삼각자 두 개를 직각으로 이어 붙인 자를 꺼내 시루에 갖다 대더니 유물의 높이를 잴 때 유용하다는 말을 덧붙였다.

"이건 뭐예요?" 민주가 아래쪽이 크고 위쪽이 작은, 팔자 모양의 스테인리스 기구를 보며 물었다.

"캘리퍼스라고 부르는데 유물의 두께를 재는 거야. 이렇게." 캘리퍼스 위쪽에는 반원 모양의 눈금자가 아래쪽에는 뭔가를 집을 수 있게 핀셋이 있었다. 팀장님이 캘리퍼스에 달린 핀셋으로 시루 주둥이를 집자, 눈금자가 움직여 0을 벗어났다.

나는 나무 살이 **빽빽**하게 들어차 있는 대나무 이쑤시개 같은 것은 어디에 쓰이는 거냐고 물었다. 팀장님이 바디라고 부르는 물건이고, 원래는 베틀에 사용되는 거라고 말했다. 그때 민주가 나무라서 배틀을 할 때 그렇게 위력이 있지는 않겠다고 말했다. 민주는 베틀을 게임 배틀로 오해하고 있는 것 같았다.

"아! 그 배틀? 거기에서는 그렇게 쓰일 수도 있겠지만 내가 말한 건 베 짜는 베틀이야. 그래도 재밌으니까 슉! 슉! 슉!" 입으로 소리를 내며 바디를 토기에 가져다 대는 팀장님을 바라보던 민주가 살짝 웃었다. 팀장님이 돌아가면서는 바디를 손가락으로 톡톡 두드리며 걸어가 보라고 했다. 가느다란 나무 살들이 부드럽게 움직이며 들어가고 나오고 했다. 토기에서 바디를 떼자 선이 만들어졌다. 들어간 입구 부분과 둥그렇게 나오다 아래로 갈수록 좁아지는 토기 모양을 그대로 본뜬 것 같은 모습이었다.

팀장님이 시간 되는 사람들은 또 발굴장에 와도 된다고 말했다. 버스가 출발할 때 밖에서 팀장님이 손을 흔들었다. 버스 안 사람들도 손을 흔들었다. 버스는 출발했지만 프랜 쌤은 자리에 앉지도 않고 유리창에 얼굴이 닿을 만큼 가까이 붙어 손을 흔들었다. 팀장님 또한 계속 손을 흔들고 있었다. 뒤쪽에서 "세기의 이별인 건가"라는 어느 남학생의 말과 킥킥거리는 웃음소리들이 들렸다. 민주가 '뭐라는 거야' 하는 표정으로 남학생들을 째려봤다.

버스가 출발하자마자 나는 팀장님이 즐겨 본다고 말한 유튜브 채널인 '고고학 다이브'를 검색했다. 프랜 쌤은 고고학 다이브 쿼장이, 자기가 가장 존경하는 '고고하게 걷길'을 이끈 선배라고 했다. 배터리가 없다는 알림이 울리고 배터리 표시가 빨갛게 변했다.

시훈이 자기 핸드폰으로 보자고 했지만, 시훈의 핸드폰 배터리도 간당간당했다. 어제 늦은 밤까지 소설을 듣다 충전하는 걸 깜빡했다고 말했다. 집에 돌아가서 봐야겠다고 생각했는데 시훈이 도착했다며 깨웠다. 시훈도 막 잠에서 깬 참이라고 했다. 통로에 수첩이 떨어져 있었다. 민주가 떨어뜨린 것 같았다. 수첩에는 한눈에 봐도 알아볼 수 있는 팀장님이 그려져 있었다. 수첩을 주워 민주 팔을 건드렸다. 민주가 고개를 돌려 나를 봤다. 내가 눈짓으로 수첩을 가리켰다. 수첩을 받아 드는 민주 귀가 빨갛다. 민주 이어폰에 붙어 있는 스티커 속 스펀지 밥이 해맑게 웃고 있었다.

보디로션이 달라졌다. 베이비파우더 향. 달콤하고 부드러운 향이지만 너무 흔하다. 욕실 문을 열자 이모가 서 있었다.
"왜 그러고 있어?"
"그냥. 별거 아니야."
"웅! 나 유튜브 볼 건데 같이 보든가."
고고학 다이브 채널로 들어가 가장 최근에 올라온 영상부터 플레이했다. '후손 찾기'라는 제목의 네덜란드 연구팀의 고고학 다큐멘터리였다. 연구팀은 네덜란드의 어떤 지역에서 발굴된 남성 해골 16개에서 추출한 Y-DNA와 현재 그 지역에 거주하는 남성 88명의 뺨 안쪽에서 추출한 DNA를 대조하는 작업을 진행했다. 그 결과 그 지역 은퇴한 한 치과 의사의 DNA와 한 해골의 DNA가

일치하는 것을 알아냈다. 두 사람은 DNA 분석을 통해서 찾게 된 11세기 초 조상과 현대의 후손이었다.

화면에는 두 명의 남자 사진이 나란히 띄워졌다. 한눈에 봐도 두 사람이 닮았다는 걸 알 수 있었다. 살이 많아 두툼한 귀, 돌출된 눈두덩, 약간의 매부리 끼가 있는 코, 입술이 도톰한 큰 입. 그것을 본 나는 유전자의 힘이란 대단하다고 생각하며 옆에 있는 이모 얼굴을 쳐다봤다. 눈, 코, 입, 귀. 피부 톤까지 나와 닮은 곳이 없었다. 나의 유전자는 한쪽으로 몰빵을, 아니 키만 빼고 한 모양이었다.

"유전자의 힘은 대단하네." 소화를 시킨다며 식탁 앞에 서서 제자리걸음 중이던 이모가 말했다.

"그러게. 그러니까 걱정 아니겠어요." 나는 이모를 위로 쭉 훑어 올라갔다. 더 볼 것도 없이 한눈에 들어왔다. 너무 짧다.

"그 걱정이 키라면 절대, 네버 걱정할 필요가 없어요. 스무 살까지도 클 거라는 걸 장담하지."

"스무 살까지 차곡차곡 일 센티씩? 그래 봐야 백육십 쯤 넘습니다만."

"스타트가 늦어서지. 쭉쭉 클 거야."

"나 영양실조였잖아?" 얼굴인식불능증을 진단한 병원 의사는 나에게 영양실조 문제도 있다며 엄한 표정으로 골고루 잘 먹고 잠을 잘 자라고 했다. 내 잘못이구나 생각할 때 이모가 표정을 굳히며 자기가 음식을 아주 맛있게 잘하면 된다고 말했다. 가나 너는 잘하고 있으니, 이모만 잘하면 된다고.

"아직도 그걸 기억해?"

"이모가 음식을 아주 맛있게 잘하겠노라고 말했잖아. 유튜브 더 볼까?" 내가 묻자 이모가 고개를 끄덕였다.

고고학 다이브가 올린 다른 유튜브 영상을 재생했다. 비스듬히 '사람 인(人)'이라는 제목이 붙어 있었다. 화면에 인골이 보였다. 다리가 절단된 인골이라고 했다. 절단면에 예리한 칼에 베인 흔적이 있는데 아마도 잘 드는 수술칼에 의해 생긴 수술 자국으로 추측한다고 고고학 다이브 쥔장이 말했다. 이 인골로 알 수 있는 건, 인골이 속해 있던 공동체가 그 시대에 다리 수술을 할 수 있을 만큼 발전된 의료 기술을 가지고 있었다는 것과 다리 하나를 상실한 사람도 오랫동안 삶을 지속했을 만큼 공동체의 돌봄 수준이 높았다는 것이다. 장애가 있는 사람의 생존 가능성이 현저히 떨어지는 환경에서 누린 장수는 누군가의 보살핌 덕분이었을 가능성이 크다. 이 집단은 약자를 보살피는 뛰어난 공감 능력의 공동체여서 오래도록 존재할 수 있었을 거라는 생각이 들었다. 한자 사람 인(人)처럼 우리 인간은 서로 기대어야만 바로 설 수 있는 존재라는 말로 영상은 마무리됐다.

"아프고 다친 채로도 잘 살아갈 수 있는 세계였네. 지금과는 다르다는 생각도 들고." 이모가 말했다.

"오늘 다녀온 석실분에서도 인골이 발견됐다고 했어. 마주 보고 있는 두 명의 남자 인골이었대."

이모는 가족이었는지 물었다. 나는 그때 우리나라에서는 인골 연구를 하는 분위기가 아니어서 이장만 하고 끝나 자세한 건 모른다고 대답했다.

"연인이었을지도 모르고. 동성 연인들도 많잖아."

"내 말을 수정해야 할 것 같네. 아프고 다친 채로도 잘 살아갈 수 있는 세계는 여전히 존재한다고. 내 조카 진짜 다 컸네. 컸어. 아주 어른이 다 됐어. 키 말고 여기! 그리고 여어기!" 이모가 머리에 이어 기습적으로 가슴 쪽으로 손가락을 가져왔다. 재빨리 이모 손을 잡아 저지했다. 이모 손목에 전에 없던 주황색 천 팔찌가 있었다.

"소원 팔찌야? 이 이모 좀 봐라. 좋은 건 나눠야지. 내놔 보시죠." 이모는 주머니에서 노란색 천 팔찌를 꺼내 내 손목에 감아 나비매듭을 만들며 말했다.

"연습⋯. 연습이 필요하다더라. 그래야 잘 보낼 수 있는 거라고."

"무슨 연습? 뭘 잘 보내야 하는 건데?" 이모가 한숨을 푹 쉬더니 눈썹 위에 올라가 있는 내 손을 끌어 내렸다.

이모 핸드폰 톡 알림이 들렸다. 톡을 확인한 이모가 씻겠다며 욕실로 들어갔다. 팀플 톡방 개설을 안 했다는 것이 생각났다.

> 가나님이 시훈님, 민주님을 초대했습니다.

안녕! 시훈, 민주

시훈 안녕! 가나 민주

민주 뭔 일?

우리 팀명 만들까?

민주 유치하게

그럼 팀플 답사 장소나 정하자

시훈 팀플 장소 여기 어때?

고인돌?

시훈 맞아. 고인돌인데 30년도
더 전에 수장시킨 거

민주 잠수라도 하게?

시훈 가뭄 때문에 드러나 있대.
30년 만이라던가?

좋아! 민주 너는?

민주 싫다면 바꾸기는 하고?

시훈 생각해 둔 곳 있어?

민주 걍 그대로 해

시훈 자료 조사는 각자. 지도 보냄

알았어. 몇 시에 만남?

시훈 10시?

민주 11시

11시 출발이면 너무 늦지 않아?

민주 그날 예배 안 보면
아무 데도 못 가

왜?

민주 됐고! 11시에 만나든지
나 빼고 가든지

시훈 11시 시엔 정류장

바이

톡이 끝날 때까지도 이모는 욕실에서 나오지 않았다. 욕실 문 앞에 앉았다. 이모와 나는 욕실 문을 사이에 두고 대화를 했다. 이모는 '시인공감' 팀원들에 관해 물었다. 오늘 '시인공감' 현장 답사 때 다른 조들은 '또래고고'랄지 '고고사랑'이랄지 하는 팀명이 있었고 옷도 맞춰 입고 온 것처럼 보였는데 우리 조만 예외였다며. 조원 수도 가장 적은데 다들 개성이 강하다고 말했다. 이모가 안에서 욕실 문을 노크했다. 비키라는 뜻이었다. 문 앞에서 비키자 이모가 수건으로 머리를 감싸고 나왔다.

"오랜만에 말려 줘?"

"넙죽 받아야지."

초등학교 고학년 때까지도 이모는 내가 샤워하고 나오면 감기 걸리겠다며 머리를 말려 줬다. 이모가 머리를 말리는 동안 나는 동화책이나 만화책을 읽다가 깜빡 잠들곤 했다.

내가 처음 이모 머리를 말려 준 건 4학년 겨울 동굴 생활 때였다. 그때 이모는 머리 말릴 힘도 없다며 그대로 쓰러졌다. 이모가 나에게 해 주던 것처럼 드라이어 따듯한 바람으로 이모 머리를 말려 줬다. 이모는 드라이어의 요란한 소리에 눈을 한 번 떠 "충전 완료"라고 하더니 곧 깊은 잠에 빠졌다. 이모가 머리를 말려 줄 때마다 나도 모르게 잠들고 아침이 돼서야 깼던 이유를 알게 됐다. 잠든 이모 얼굴은 편안해 보였다. 그 이후로 이모는 충전이 필요하다며 가끔 나에게 머리를 말려 달라는 말을 했다. 나의 쓸모를 확인하는 일은 행복했다.

이모는 3인용 소파에 가로로 드러누운 뒤 말리기 좋게 머리카락을 밖으로 늘어뜨렸다.

"이영이는 나에게 처음부터 끝까지 내 동생 이영이었지."

"싫었겠다."

"뭐가?"

"내 엄마가 돼 버린 거잖아."

"좋았어. 너를 만나게 됐는데, 좋지. 좋아하지 않고 어떻게 배기냐."

드라이어의 시끄러운 소리도 잠을 막지는 못하는 것 같다.

"이모! 들어가서 자!" 잔뜩 잠에 취한 이모가 느릿하게 걸어 들어가며 말했다.

"보디로션 바꿨는데. 베이비파우더 향인데. 네 첫 향이었어."

베이비파우더 향! 냄새가 잊었던 기억을 되살려 준다는 말을 들은 적이 있다. 베이비파우더 향은 특별한 것 없는 향이지만 그래도 나의 첫 향이라고 한다. 나의 첫 향은 엄마의 향이기도 할 것이다.

# 5

오늘은 팀플로 하는 첫 번째 유적 답사 날이다.

마우스피스를 꺼내 물에 헹군 뒤 세정제가 들어 있는 통에 넣었다. 수건을 꺼낼 때 빈 비닐봉지가 떨어졌다. 수건에 붙어 있었던 것 같았다. 비닐봉지에 붙은 스티커에 팔찌라고 쓰여 있었다. 손목을 감싸고 있는 팔찌의 포장지라는 생각이 들었다. 스티커를 붙여 보려고 할 때 알람이 울렸다. 기상 알람이기도 기억 작동 알람이기도 한. 비닐을 주머니에 넣었다. 팔찌는 물에 젖어 한층 더 노랗게 변해 있었다.

시훈과 민주를 만나기로 한 시청자 센터 정류장에 막 도착했을 때 버스 몇 대가 연달아 출발했다. 정류장엔 여자들만 있었다. 시훈은 아직 오지 않았다는 말이다. 민주가 있을 수도 있겠다고 생각하며 둘러봤다. 나이가 있어 보이는 두 사람은 일단 패스. 또래로 보이는 두 사람. 둘 중 민주가 있다고 해도 먼저 알은척하는 건 망설여졌다. 이번 주 내내 몇 번이나 민주에게 톡을 썼다 지우기를 반복하다 오늘 아침에 실수로 톡을 보내 버렸다. 숫자 1이 금방 사라졌다. 민주가 읽었다는 말인데 아무런 반응이 없었다.

"쟤 왜 저래? 계속 저러고 있다." 머리부터 발끝까지 검은색인 여자아이가 어딘가를 바라보며 말했다. 맞은편 공원, 횡단보도 가까운 곳에 비둘기가 떼 지어 있고 한참이나 떨어진 곳에 시훈이 서 있는 것이 보였다. 온통 검은색인 민주는 전혀 알아볼 수 없었지만, 큰 소리로 말했다.

"시훈이 비둘기 공포증 있어. 데려와야 해."

"가지가지 한다. 쫌!" 민주가 나보다 한발 먼저 달려 나갔다. 버스 정류장 전광판에 곧 도착이라는 안내와 우리가 타야 하는 버스 번호가 떴다. 원래는 다음 버스를 탈 계획이었는데 둘 다 나처럼 빨리 나온 것 같았다. 시외버스라 배차 간격이 길어 이걸 타야 했다. 민주의 보폭과 달리는 속도를 봤을 때 시훈을 민주에게 맡기고 나는 버스를 붙잡는 편이 나을 것 같았다. 횡단보도를 건넌 민주가 팔을 크게 휘저으며 시훈 쪽으로 뛰어갔다. 버스가 다가오고 있어 손을 흔들었다. 시훈과 민주는 횡단보도 신호등이 바뀌길 기다렸다. 버스가 내 앞에서 멈췄고 문이 열렸다. 버스에서 내리는 사람은 없었다. 탈 사람도 나뿐인 것 같았다. 내가 버스에 오르면 곧장 출발할 게 분명했다. 횡단보도 신호등이 바뀔 때까지 시간을 벌어야 했다.

"이 버스 배 바위 가나요?"

"맞아. 어서 타라."

"아저씨! 그 배 바위가 고인돌이에요?"

"그건 잘 모르겠다. 신호 바뀐다. 어서 타라."

"배 바위가 물속에 삼십 년 동안 잠겨 있었는데 지금 가뭄이라 밖으로 나와 있다네요. 친구들이랑 그거 보러 가거든요."

"그래. 좋겠구나. 쟤들이 같이 가기로 한 친구들이냐? 셋이 옷도 맞춰 입었네."

신호등이 막 바뀐 횡단보도를 민주와 시훈이 달려서 건너고 있었다. 둘 다 검은색 티셔츠 차림이었다. 그러고 보니 나도 검은색 티셔츠를 입고 있었다.

버스에서는 한 자리씩 뚝뚝 떨어져 앉았다. 시내를 벗어나자, 창밖으로 시골 풍경이 휙휙 지나갔다. 한참을 달려도 틀린 그림 찾기 게임처럼 비슷한 풍경들이 쭉 이어졌다. 눈길을 사로잡는 것은 아니었지만 그렇다고 단조롭지도 않았다. 계속 보고 있어도 지루하거나 싫증 나지 않았다. 시훈이 일어서며 나와 민주에게 눈짓했다. 315번 정류장이었다. 내려야 할 곳이었다. 처음 보는 모습의 버스 정류장이었다. 비바람을 피할 수 있게 삼면에 벽과 지붕이 있었고, 그 안에는 벤치와 의자가 놓여 있었다. 벽에 거울과 사진도 걸려 있었고, 구석에는 빗자루가 기대어져 있었다. 방금 누군가 청소를 했는지 흙바닥을 빗자루로 쓸어 낸 자국이 보였다.

"예식장 의자다." 나는 벽에 걸린 거울과 세트인 화려한 꽃무늬 의자를 보며 말했다.

"로코코!" 민주가 말했다. 이어폰을 꽂고 있어 음악을 듣는 건가 생각했는데 아닌가 보다. 속으로 나도 그 정도는 안다고 말했다. 얼른 생각이 나지 않았을 뿐. 그래도 얼굴은 달아올랐다.

"달마네." 시훈이 벽에 걸려 있는 눈이 부리부리하고 검은 구레나룻이 풍성한, 조금 무서워 보이는 인상의 남자 그림을 가리키며 말했다.

"무섭게 생겼다."

"저래 봬도 행운을 가져다 준대. 가자. 저기." 시훈이 가리킨 곳에 정자가 보였다. 민주가 시훈의 말을 못 들은 것 같아서 민주 팔을 툭 건드렸다.

"왜? 뭐?" 민주 목소리가 쩌렁쩌렁 울렸다. 이번에는 음악을 듣고 있었나 보다. 말없이 손가락으로 정자 있는 쪽을 가리켰다. 시훈이 정자를 향해 걸어가고 있는 것이 보였다.

"정자로 가자는 말이지?" 민주 목소리는 여전히 컸다.

신발을 벗고 정자에 올라서자 난간에 '뷰 좋은 곳'이라는 안내 문구가 붙어 있었다. 정자 처마에 걸려 있는 수몰 전 모습의 오래된 사진들. 커다란 바위를 나무들이 빙 둘러싸고 있고 바위 위에 사람들이 앉아 있거나 서 있었다. 사진 아래에 '신들이 사는 숲속 배 바위에서'라고 쓰여 있었다. 물에 잠기기 전 배 바위가 있던 곳이 숲이었다는 것을 알 수 있었다. 커다란 바위에 줄줄이 앉아 노를 젓는 시늉을 하는 사람들을 찍은 사진 아래엔 '배 바위 뱃놀이'라고 쓰여 있었다. '선암초등학교 32회 졸업생 일동'이라고 써진 흑백 사진. 비포장도로 옆으로 모여 있는 집들 사진. 낫으로 자신보다 큰 식물을 베고 있는 사람들 아래에 '삼 채취 모습'이라고 써진 컬러 사진. 그 외에도 여러 장의 크고 작은 사진들이 커다란 액자에 한데 모여 있기도 했다.

사진을 구경하던 시훈이 여기에 가족들과 별을 보러 놀러 온 적이 있었다며 놀랐다. 처음에는 몰랐는데 사진을 보니 생각났다고 했다. 지금 이곳 풍경은 그때와는 많이 달라 같은 곳이라는 생각이 전혀 들지 않는다며, 그때는 물이 가득 차 끝이 보이지 않아 바다로 착각했었는데 아버지가 댐을 막아 물을 가둔 저수지라고 말해 줬다고도 했다. 시훈은 이곳은 물이 가득 차 있을 때는 바다 같았고 바닥을 드러내고 있는 지금은 폐허 같다며 정자 처마에 걸려 있는 사진 속 수몰 전 풍경이 상상되지 않는다고 말했다.

물이 빠져나간 이곳에는 돌과 바위와 도중에 끊겨 버려 어디로 향하는지 알 수 없는 시멘트 길 일부가 남아 있을 뿐이었다. 쓸쓸하다는 생각이 들 때 민주가 말했다.

"허심허심하다." 뜻 모를 말이지만 찬바람이 쌩쌩 부는 민주가 한 말치곤 어딘지 느슨한 느낌이 드는 표현이었다. "에?"라는 말이 나도 모르게 툭 튀어나왔다. 시훈은 뜻은 잘 모르겠는데 구석 같은 말이라고 했다. 민주가 시훈에게 "야!"라고 소리쳤고 나는 또 놀라 "에?"라는 말을 내뱉었다. 시훈이 당황해 절대 나쁜 뜻 아니고 등을 기대면 마음이 진정되는 그런 의미라며 서둘러 말했다. 시훈의 말에 그새 기분이 풀렸는지 민주가 부드러운 목소리로 친절하게 설명했다.

"우리 박 양반 씨가 잘 쓰시는 말. 배가 고픈 건 아닌데 뭔가 먹고 싶을 때나 쓸쓸하거나 적막하거나 황량하거나 할 때 쓰는 말. '공허하다'의 사촌쯤 되는 말인 것 같기도 하고."

"음악 듣는 줄 알았는데 우리 말 듣고 있었네. 그런데 박 양반 씨는 누구셔?" 민주에게 물었다.

"우리 할머니. 엄마의 엄마."

"허심허심하다. 뭐 먹을 거 없어?" 내가 말했다.

"뭐래?" 민주가 말했다.

"나 불고기김밥 싸 왔어. 다 같이 먹으려고 넉넉하게 준비했는데…." 시훈이 민주 눈치를 보며 말했다. 내가 맛있겠다며 민주에게도 같이 먹자고 했지만, 민주는 아까와는 다르게 쌀쌀맞은 어투로 "싫어!"라고 말했다. 나는 속으로 '중간이 없네'라고 생각했다. 민주는 우리와 좀 떨어진 곳에 자리를 잡고 가방에서 샌드위치를 꺼내더니 정자 아래로 늘어뜨린 양발을 흔들며 맛있게도 먹었다.

민주의 두 귀를 네모 바지 스펀지밥 스티커가 붙은 흰색 이어폰이 꽉 막고 있었다. 알밤이라도 한 대 때려 주고 싶을 만큼 얄미운 모습이었다.

밥을 먹은 뒤 고인돌에 관해 찾아온 자료를 교환했다. 내용이 셋 다 비슷했다. 돌멘이라 불리는, 청동기 시대를 대표하는 무덤이며 형식에 따라 북방식과 남방식으로 나눈다는 것이었다. 시훈이 조사해 온 고인돌에 얽힌 장군 바위 전설이나 마고할미 이야기는 흥미로웠다. 배 바위에는 전해 내려오는 여러 버전의 이야기가 있었지만 배 바위가 배가 된다는 것은 꼭 들어가는 내용이었다. 배 바위가 있는 곳의 지명도 바다 마을에나 있을 법한 하곡 포구다. 생각보다 배 바위에 관한 자료는 그렇게 많지 않았다.

배 바위를 향해 걸었다. 짐작했던 것보다 훨씬 먼 곳에 있었다. 꽤 오래 걸었는데도 여전히 멀리 있다는 생각이 들었다. 왠지 배 바위에 닿는 일의 어려움은 물속에 있을 때나 물 밖에 있을 때나 별반 다르지 않을 것 같다는 막막함이 들기도 했다.

정자에서 바라본 배 바위는 뱃머리를 세우고 물살을 가르며 힘차게 항해하는 배처럼 보였지만 가까이에서 본 배 바위는 배의 형체는 사라지고 고개를 위로 들어 올려야 끝이 보이는 거대한 바위산 같았다. 배 바위는 배가 아니고 바위다. 가까이 다가가야 본질을 볼 수 있다는 생각이 들었다.

'기억에도 가까이 다가가야 하는 거겠지.' 속으로 생각했다.

배 바위 고인돌을 둘러싸고 시멘트 벽이 설치돼 있었고 바닥에는 크고 작은 돌들이 촘촘하게 깔려 있었다. 배 바위를 물속에서도 최대한 안전하게 보존하려는 방법이었다는 것을 자료 조사를 하면서 알게 됐다. 이곳에 있었던 대부분의 고인돌은 공원을 조성해 옮겼지만 배 바위는 너무 거대해 옮길 수 없어 그대로 수장하는 방법을 택했다고 한다. 수장(水葬)이란 물속에 장사 지낸다는 뜻이다. 지금까지 나는 장례식장에 가 본 적이 없다. 장례식장 이미지는 텔레비전이나 영화에서 본 것이 다였지만 슬픔이라는 물속에 갇혀 버려 발버둥 치는 마음은 알 것 같았다. 커다란 바위의 물속 장례라니. 눈물을 흘린 사람들이 있었을까? 가슴을 치며 아파한 사람들도 있었을까?

우리는 각자 수첩에 배 바위에 관해 기록했다. 시훈이 줄자를 꺼냈다. 배 바위의 길이와 높이 그리고 폭을 잴 거라고 말했다. 발굴 키트 속에 있던 줄자가 아니었다. 고인돌은 시훈이 가지고 온 줄자를 끝까지 사용하고도 남아 세 번에 걸쳐 길이를 쟀다. 시훈이 높이는 올라가서 재는 편이 편할 것 같다고 말했다. 고인돌은 거대해서 땅과 가장 가까운 곳도 높이가 꽤 돼 보였다. 땅과 가장 가까이 닿아 있는 낮은 부분을 찾아 시훈이 배 바위 위로 올라갔다. 시훈이 가장 높은 곳으로 가더니 줄자를 아래로 내렸다. 나는 아래에서 줄자 눈금을 읽었다.

"구멍 엄청 많아. 이리 올라와 봐!" 시훈이 들뜬 목소리로 크게 말했다.

시훈이 올라간 곳에서 손을 밑으로 내밀었다. 나는 시훈의 손을 잡고 고인돌 위로 올라갔다. 시훈이 민주에게도 손을 내밀었지만 됐다며 거절당했다. 민주는 고인돌 위로 혼자 올라오려다 몇 번이나 미끄러졌다.

"너도 참 엔간하다. 잡아라! 나 수련한 몸이거든." 나는 체구는 작지만, 악력이라면 웬만한 남자아이들 다 이겨 먹는다.

"나는 구질구질한 건 딱 질색인 사람이거든." 내 손을 잡고 바위 위로 올라온 민주가 말했다. 어이없었다. 깔끔하고 격식에 맞는 감사 인사가 얼마나 많은데. 한마디 하려다 얼른 시훈을 봤다. 시훈과 눈이 마주쳤다. 시훈이 미소를 지었다. 민주가 자기를 구질구질한 애라고 생각하는 것 같은데도 웃는 걸 보니 속도 좋다는 생각이 들었다.

고인돌에는 일부러 만든 것 같은 크고 작은 구멍들이 많았다. 구멍들은 어떤 규칙도 없이 무질서했다. 자료 조사를 하면서 큰 바위에 있는 구멍들은 다산과 다복을 구하는 행위의 결과물이라는 것을 알게 됐다.

"나 물 좀." 민주의 말에 시훈이 생수통을 건네자 민주가 됐다며 손사래를 치는 바람에 생수통이 떨어져 물이 쏟아졌다. 민주 행동이 얄미웠지만 내 물을 건넸다. 물을 한 모금 마신 뒤 민주는 뱃놀이를 해 보자며 해맑은 표정으로 말했다. 나는 속으로 민주는 다중

인격이나 돌아이, 둘 중 하나가 분명하다는 생각을 했다.

"이렇게 하면 될까?" 시훈은 고인돌 가장자리에 앉아서 노 젓는 시늉을 하며 웃었다.

"속도 좋다." 작게 말했다.

"넌 이제 가나 말고는 아무한테나 그렇게 웃지 마라. 내 속이 이 고인돌만치 지대헌게 오해하지 않는 거다."

"그게 무슨 말이야?"

"지대헌게? 넓다는 뜻이지."

"그건 그냥 알겠는데, 오해하지 않는다는…." 내 말이 다 끝나기도 전에 민주 입에서 "아!" 소리가 나왔다. 민주가 고인돌에 생수를 흩뿌리며 눈 오는 날 강아지처럼 뛰어다녔다. 시훈과 눈이 마주치자 나는 "뭔 일?"이라고 입말을 했고 시훈이 모르겠다는 듯 어깨를 으쓱했다.

"기다리면 아주 재밌는 일이 일어날 거야." 민주가 벙싯거리며 웃었다. 나는 속으로만 '그래, 하나 남은 생수 바닥에 뿌렸으니 자랑스럽기도 기쁘기도 하겠다'라고 말했다. 한동안 우리는 각자 따로 행동했다. 얼마쯤 지나자 민주가 "짜잔!" 하며 양팔을 쭉 뻗었다. 마치 얼마나 자랑스러운 일을 했는지 보라고 하는 것 같았다. 빛이 났다. 고인돌 위에 빛이 나는 가루를 뿌려 놓은 것처럼 반짝거렸다.

"별자리 같아!" 시훈이 외쳤다. 나는 재빨리 고인돌과 별자리를 검색해 봤다. 검색어가 달라지니 전에는 보지 못했던 글들이 보였다. 고인돌에 있는 구멍들은 별자리를 새긴 것이고 그 별자리를 연구한다면 3000년 전 밤하늘을 알 수 있을 것이라는 고인돌 연구자의 글이었다. 구멍의 크기로 별의 밝기를 표시한 것이라고 했다. 겹쳐 있는 구멍들도 있었다. 우리는 그동안 '시인공감'에서 얻은 지식으로 각자의 생각을 정리해 말했다.

"여행자가 자기가 여기에 있었다는 표식을 한 것일 수도 있어." 민주가 말했다.

"농사철과 사냥철에 대한 정보를 담은 별 사용 안내도 아닐까?" 내 말에 민주와 시훈이 고개를 끄덕거렸다.

"고인돌은 무덤이니까 죽은 사람을 생각하는 마음을 하나하나 새긴, 애도의 방식일 것 같아. 외로웠을 것 같아. 애도의 방식으로 새겼건, 여행자가 흔적을 남겼건, 농사와 사냥에 대한 안내도이건. 작업을 한 사람은 무척 외로웠을 것 같아." 시훈이 말했다.

혼자서 잠들지 못하고 오랫동안 밤하늘을 바라봤을 사람을 상상하고 있던 때, 민주가 말했다.

"고고한 별지기! 우리 팀명 어때? 셋 다 별을 지키는 사람이었을 것 같아서." 시훈은 곧바로 좋다고 대꾸했다. 나는 속으로 '유치하다고 할 땐 언제고'라고 생각했지만, 썩 어울리는 팀명 같아 "괜찮네!"라고 말했다.

시훈이 가지고 온 포스트잇에 숫자를 써서 별의 개수를 셌다.

108개였다. 나와 민주는 별의 크기를 재서 기록했고 시훈은 실측할 때 사용하는 방안지에 별을 그려 넣고 별의 크기에 따라 각각 다른 색을 입혔다. 완성된 시훈의 그림은 밤하늘의 축소판 같았다. 북두칠성, 쌍둥이자리, 독수리자리, 거문고자리. 내가 알고 있는 별자리들이 그 안에 다 있었다. 꽤 시간이 걸리는 고단한 작업이었다. 별자리는 시간이 흐를수록 더 반짝거렸다. 별자리 작업이 끝난 뒤에 그대로 바위에 등을 대고 누웠다. 눈이 저절로 감겼다. 잠들면 이갈이를 할 거라는 생각을 했지만….

새소리가 들렸다. 나무와 꽃 냄새가 나고 뺨에 맞닿는 공기가 서늘했다. 이른 아침 숲길을 걷다 보면 들려오는 새소리와 나무 냄새 그리고 공기의 감촉과 같다는 생각이 들었다. 분명 나무 한 그루 풀 한 포기 없는 배 바위 위에서 잠들었는데 눈을 뜨자 부연 안개가 나무에 부딪혀 흩어지고 나무와 나무 사이로 흘러가는 것이 보였다. 갖가지 나무, 꽃과 풀들이 빽빽하게 들어차 있는 숲이었다. 주변을 둘러보니 시훈과 민주가 태아 자세로 누워 잠들어 있었다. 어떻게 된 일인지 어리둥절해 있을 때 알람이 울렸다. 순식간에 눈앞의 숲이 사라져 버렸다. 꿈을 꾸었나 생각했다.

"가나 넌 안 잤어?" 시훈이 물었다.

"아니."

"어! 저거 뭔 것 같아?" 민주가 바닥을 가리켰다.

"빨간색?" 흙 속에서 언뜻 붉은 뭔가 보이는 것 같았다.

"저건가?" 시훈이 손으로 가리켰다.

민주가 가장 먼저 고인돌에서 뛰어내려 바닥을 손으로 파헤치기 시작했다. 그것을 본 시훈이 기다려 보라며 고인돌 아래로 뛰어내렸다. 시훈이 가방에서 장갑과 꽃삽을 꺼내며 유물의 맨 처음 발견 당시를 사진으로 찍어야 하니 손에 흙을 안 묻힌 내게 핸드폰을 담당하라고 했다. 사진을 연속해서 찍었다. 시훈과 민주가 자잘한 돌과 돌처럼 단단해진 흙을 한 꺼풀 걷어 내자 칠이 벗겨진 부분에 녹이 슬어 있는 동그란 통이 드러났다. 군데군데 남아 있는 그림과 글자로 지금도 팔고 있는 과자 통이라는 걸 알 수 있었다.

"십중팔구는 보물이제." 민주가 말했다.

"아닌 것 같은데." 시훈이 말했다.

"아! 유물은 아니고. 이런 과자 통에 과자가 들어 있을 확률은 제로에 가깝지 않아? 소중한 것을 넣어 두지." 민주가 말했다.

"그러긴 하지. 유물이 아니니까 사진과 기록을 남길 필요는 없겠지?" 내 말에 민주와 시훈이 고개를 끄덕였다.

"통 어떻게 할까? 나는 꺼내서 뭔지 확인해 보고 싶은데." 민주가 말했다.

"그대로 두는 것이 좋을 것 같은데. 가나 네 생각은 어때?" 시훈이 말했다.

"뭐가 들어 있는지 궁금하긴 하다."

"내 말이." 민주는 이렇게 말하고는 통 주변을 조금씩 파냈다.

흙이 단단해서 시간이 좀 걸렸다. 드디어 통이 들어 올려졌다. 민주가 과자 통을 열려고 했지만, 꼼짝도 하지 않았다. 나는 내 악력이 웬만하다며 해 보겠다고 했다. 나 역시 조금도 움직일 수 없었다. 핸드폰으로 뭔가를 검색하던 시훈이 가방에서 양치 세트가 들어 있는 파우치를 꺼냈다.

"치약으로 녹 제거를 할 수 있대." 시훈은 칫솔에 치약을 듬뿍 묻혀 과자 통의 붙은 부분을 칫솔로 문지르기 시작했다. 꼭 양치하는 모습 같았다. 한참 후에 하얀색 치약 거품이 점차 붉은색으로 변해 갔다.

"오호! 될 것 같아." 민주가 약간 호들갑스럽게 말했다. 시훈이 무릎 사이에 통 아랫부분을 끼우고 힘주어 뚜껑을 잡아 올렸다. 붉은 녹 가루가 떨어졌다. 안에는 표지에 '일기'라고 인쇄된 글자 앞에 따로 연필로 **'비밀'**이라고 써 둔 초등학생용 일기장과 국제 우편 몇 통 그리고 사진이 있었다.

"편지봉투 다 뜯은 흔적이 없어." 민주가 말했다.

편지봉투에 쓰여 있는 글자들은 받는 사람 이니셜로 생각되는 영어 대문자 L을 빼면 모두 다 한자였다. 셋이 머리를 맞대고 눈치껏 겨우 읽어 낸 한자는 '대한민국', '일본' 이 정도였다. 여러 개의 봉투 중 하나에만 외국 우표가 아닌, 역사책에 나오는 기마 인물형 토기 사진이 들어간 대한민국 발행 우표가 붙어 있었다. 국내에서 부친 편지인 것 같았다.

남자 사진은 비닐 코팅이 돼 있었는데 양 볼에 동그란 보조개가 있었다. 사진을 뒤집자 글이 쓰여 있었다. '**노엘! 너라는 이름의 세상**' 둥글둥글한 느낌의 글자들은 어쩐지 스마일 이미지가 생각났다. 편지봉투에 쓰여 있던 영어 대문자 L은 노엘이라는 이 남자일 거라고 짐작했다.

다른 사진 속에는 머리에 수건을 터번처럼 두르고 옆을 보고 있는 남자 양옆으로 한쪽엔 긴 파마머리를 한 여자가, 한쪽엔 코팅된 사진 속 남자가 있었다. 세 사람이 앉아 있는 곳은 배 바위 같았다. 사진과 배 바위를 번갈아 봤다. 배 바위가 확실했다. 사진을 뒤집었다. 여기에도 글이 쓰여 있었다. '**내 눈엔 너만 보여**'

"이 여자가 이 남자에게 보낸 편지 같지?" 민주가 말했다.

"글씨체가 동글동글해서 여자일 것 같긴 해." 내가 말했다.

"나는 잘 모르겠어." 시훈이 말했다.

"그래. 네가 아는 것이 있기는 하냐?"

나는 민주의 말이 시훈에게 고백했을 때 시훈이 잘 모르겠다고 대답했던 것을 두고 한 말일 거라고 짐작했다.

비밀 일기 표지 이름 칸에 '**속담 박사**'라고 쓰여 있고 안쪽에는 또 한 번 '**비밀 일기**'라고 쓰여 있었다. 아마도 비밀이라는 말을 강조하고 싶었나 보았다. 남의 비밀을 읽는다고 생각하자 좀 망설여지기는 했다. 시훈도 그런 눈치였다.

"우리에게 밝은 눈을 주신 주님의 뜻이 있을 거야." 민주가 동의를 구하듯 나와 시훈을 번갈아 봤다.

"그런가. 그럴지도 모르지." 내가 민주의 말에 답하자 시훈이 고개를 천천히 끄덕였다.

"주여! 유혹에 빠진 이 어린 양들을 살펴 주소서." 장난처럼 말했지만, 민주 표정을 봐서는 어느 정도 진심이 담겨 있는 것 같았다.

연필로 작성된 일기를 민주가 끝까지 넘겨 보더니 이름은 물론 날씨와 날짜까지 빠져 있다며 이 꼬맹이 주도면밀하다고 감탄했다. 나는 모름지기 비밀 일기의 기본 아니겠냐고 말했다. 시훈은 그냥 빙그레 웃기만 했다.

오늘은 오빠랑 오 선생님이랑 셋이 읍내에 나갔다. 읍내에서는 다방에 갔다. 화장을 하고 빠마를 한 아줌마가 나에게 우유를 가져다주고 오빠와 오 선생님에게 커피를 주고 자기도 자리에 앉더니 커피를 한 잔 마시며 계속 말을 했다. 오빠와 오 선생님은 아줌마가 무엇을 물어보면 대답은 하지 않고 웃기만 했다. 다른 손님이 들어오자 아줌마는 재빨리 일어서서 갔다. 오빠와 오 선생님은 둘이 마주 보며 웃었다. 아줌마가 가서 기쁜 것 같았다. 나는 달콤하고 부드러운 우유를 조그만 숟가락으로 조금씩 떠먹고 있었다. 그래도 우유는 줄어들었다. 컵에는 처음 우유가 담겨 있었던 곳에 선명한 하얀색 선이 그어져 있었다. 안타까운 마음으로 오빠와 오 선생님을 쳐다보았을 때 오빠와 오 선생님은 서로 얼굴만 바라보느라 나는 보이지 않는 것 같았다. 요즘 오빠와 오 선생님은 맨날 같이 다닌다. 돌아오는 길에 오빠와 오 선생님이 공중그네를 태워 줬다. 10살이나 먹었으면서 아기처럼 공중그네나 타는 건 좀 그랬지만 재미는 있었다. 우유도 맨날 먹는다면 좋을 것 같았다.

오 선생님과 오빠가 또 마주 보고 웃었다. 오빠가 웃어서 나도 기분이 참 좋았다.

오늘은 비가 왔다. 비 오는 날은 오빠와 오 선생님이 쉬는 날이다. 후두둑! 후두둑둑! 양철 지붕에 비 떨어지는 소리가 얼마나 큰지 귀가 먹먹했다. 귀를 막고 길게 소리를 내면 기분이 이상하다. 오빠가 보이지 않았다. 또 오 선생님 방에 놀러 간 것 같았다. 엄마는 오빠가 오 선생님 방에 놀러 가는 걸 싫어한다. 엄마가 돌아오기 전에 오빠를 데려와야 할 것 같았다. 나는 우산을 들고 안채에서 떨어져 있는 별채 오 선생님 방에 갔다. 댓돌 위에 신발 두 켤레가 사이좋게 놓여 있었다. 방 안에서 오빠와 오 선생님이 이야기하는 소리가 들렸다. 무슨 재밌는 이야기를 했는지 웃음소리도 났다. 오빠와 오 선생님 둘이 있으면 보기도 좋았고 말소리도 정다웠지만 심술도 났다. 오빠를 부르려고 할 때 누군가 어깨를 툭 쳤다. 엄마였다. 엄마는 조용히 하라는 듯 검지를 입에 가져다 댔다. 엄마 표정이 무서웠다. 한참을 숨죽이고 방 안에서 들려오는 이야기 소리를 들었다.

"여그서 뭐 하냐? 내일 일해야제. 얼릉 나오제." 엄마 목소리에 이야기 소리가 뚝 끊겼다.

"내일도 비 온다 했당께. 오빠랑 오 선생님이랑 재미나게 노는디."

"쓰으읍!" 소리가 났다. 이것은 한마디만 더 해도 때리겠다는 신호다.

오 선생님 이야기는 어쩔 땐 재밌고 어쩔 땐 재미가 없다. 그런데 오빠는 오 선생님 이야기를 들을 때면 늘 웃기만 한다.

"꼬맹아! 무지개 물고기 알아?" 오 선생님이 말했다.

"무지개 물고기요? 그것이 먼디요?" 내가 물었다.

"소원 들어주는 물고기. 처음에는 무지개색인데 착한 소원을 들어주게 되면 점점 투명해져. 날개가 있고 귀는 코끼리 귀만큼 크고 눈은 왕방울만 하고 콧구멍은 황소 콧구멍보다 크고 입은 삼만큼 길어. 왜 그런 줄 알아? 나쁜 소원은 잘 보고 듣고 냄새 맡아 걸러 내야 하거든. 아무거나 먹으면 탈 나잖아."

"무신 소원 들어주는 물고기가 있을라고요?"

"진짠데. 진짜로 내가 빈 소원을 들어줬는데. 그것도 두 번씩이나."

"무신 소원을 빌었는디요?"

"아주, 아주 고고학 공부를 열심히 하고 싶다고 빌었지."

"선생님은 바보요. 공부를 열심히 하고 싶다고 빌 것이 아니라 공부를 잘하게 해 달라고 빌었으야제."

"와! 천재." 오 선생님이 칭찬하니까 목이 빳빳해지고 어깨도 쫙 펴졌다.

"그람 두 번째 소원은 뭐시였는디요?"

"아주아주 소중한 사람을 만나고 싶다고 빌었지." 오 선생님이 오빠를 보고 웃었고 오빠는 귀부터 얼굴 전체가 시뻘겋게 달아올랐다. 오 선생님 얼굴도 빨간 것 같았다.

"그람 무지개 물고기를 어디서 봤는디요?"

"전에 발굴했던 곳 숙소에서는 바다 한가운데 작은 섬이 보였어. 밀물일 때는 배로 가야 하지만 썰물일 때는 걸어갈 수 있는 곳이었어. 그러던 어떤 밤에 그 작은 섬이 번쩍번쩍 빛이 나는 거야. 번갯불처럼 말이지. 처음에는 그게 뭔지 몰랐어. 그때 또 마침 썰물이어서 살금살금 소리 나지 않게 걸어서 산으로 올라갔지. 그런데 그 무지개 물고기란 놈이 하늘을 찌를 듯이 서 있는 큰 나무에 몸을 척척 감고서는 달빛을 먹고 있는 거야. 달빛을 먹고 무지개색으로 변하고 사람들 착한 소원 들어주면 투명해지고 하는 거지."

오 선생님이 오빠를 향해 눈을 찡긋하는 것을 봤다. 오빠가 또 웃었다.

"호랑이 안 잡았다는 노인 없다고 합디다."

"꼬맹아 카라멜 주면 믿어 줄 거지?"

"아니여. 아니랑께 자꼬 놀리지 마랑께요." 내가 화를 내자 오 선생님이 서랍에서 카라멜 한 알을 꺼내 주며 배 바위에서도 봤다고 말했다. 오 선생님이 나를 실컷 골려 먹을 때는 싫지만 카라멜을 줄 때는 좋다. 카라멜은 언제 먹어도 화가 풀리는 맛이다. 오빠와 오 선생님이 마주 보고 웃고 있다. 웃는 낯바닥에 침을 뱉을 수는 없다.

오늘은 오 선생님이 신무산에서 큰 귀가 달린 배암을 만났다고 했다. 처음에는 강아지인 줄 알았다고 했다. 그래서 머리를 쓰다듬었더니 눈도 감았단다.

"자꼬 내가 에리다고 거짓말하지 마쏘!" 내가 말했다.

"거짓말 아니지?" 오 선생님이 오빠에게 물었다. 내가 오빠를 바라보자 오빠가 고개를 끄덕거렸다. 나는 더 이상 우길 수 없었다. 오빠가 거짓말을 하지 않는 사람이라는 걸 알고 있다.

"그래 갖고 어쭈꼬 되얏는디요?" 내가 물었다.

"그냥 인사하고 헤어졌지." 오 선생님이 말했다.

"배암이 말도 알아들어요?" 내가 물었다.

"말은 안 하고 그냥 손을 흔들었어." 오 선생님이 말했다.

"그 배암은 손도 있었는 갑소?" 내가 물었다.

"손, 발 다 있었는데. 그렇지?" 오 선생님이 또 오빠를 봤다. 오빠가 이번에도 고개를 끄덕거렸다. 나도 귀가 달린 배암을 보고 싶었다. 자라 보고 놀란 가슴 솥뚜껑 보고 놀란다는 속담도 있다.


나는 '우리 동네 소개'라는 방학 숙제에 동네 전설을 조사해 내서 금상을 받았다. 내 숙제는 전교생이 이용하는 복도에 붙여졌다. 내 숙제에는 자랑스러운 금꽃도 붙어 있다. 내 가슴에도 자랑스러운 금꽃이 붙어 있다. 오빠는 오늘도 배 바위에 앉아 있었다. 오빠 표정은 늘 슬퍼 보인다. 오 선생님이 보이지 않게 되면서부터 그렇다. 그래도 오빠는 방학 숙제 금상을 축하해 줬다. 오 선생님 이야기를 꺼내면 엄마는 곧바로 쓰으읍 소리를 냈다. 오 선생님 말은 더 이상 하지 말라는 거다. 엄마의 쓰으읍 소리는 세상에서 제일 무섭다. 오빠는 맨날 배 바위에 올라가 종일 앉아 있기만 했다. 배 바위는 배를 닮아서 붙은 이름이지만 언젠가는 배가 돼 원하는 곳은 어디든 데려다준다는 전설이 있다. 우리 동네 전설을 조사하다 알게 된 것이다.

"오빠도 바다를 건너고 싶은 것이여? 오 선생님 따라서? 엄마랑 나를 두고 말이여?" 오빠는 아무런 말없이 고개를 가로저었다.

"오 선생님 보고 싶제? 나는 겁나게 보고 시픈디." 오빠가 고개를 끄덕거렸다.

"오 선생님은 나쁜 사람이여." 오빠가 고개를 가로저었다.

"그람 오빠는 오 선생님이 좋은 사람이라는 말이여?" 오빠가 다시 고개를 끄덕거렸다.

"오빠는 멍충이여. 똥멍충이." 오빠가 웃었다. 뭐가 좋다고 웃는지 모르겠다. 제정신이 아닌 것 같다. 나는 오 선생님이 어디 갔는지 짐작은 하고 있다. 언젠가 오 선생님은 자기는 곧 큰 바다를 건너 공부하러 간다는 말을 했었다.

"오 선생님은 뒷간에 갈 적 마음 다르고 올 적 마음 다른 사람이 아닐 거시여."

"무슨 뜻인지는 알아?" 오빠가 물었다.

"그거야, 뭐 선생님이 오빠를 영원히 좋아한다는 말이제. 학교서 내 별명이 뭔 줄 안가? 속담 박사랑께. 선생님이 나처럼 속담 많이 아는 아이는 처음 본다고 붙여 줬당께." 오빠가 오랜만에 웃었다. 오빠가 웃어서 기분이 좋았다.


학교에서 돌아오는 길에 우체부 아저씨를 만났다. 생전 처음 보는 편지봉투를 줬다.

"이거시 뭐래요?" 내가 물어봤다.

"일본에서 보내온 편지다." 우체부 아저씨가 대답했다.

"일본이요?" 내가 또 물었다.

"니 오빠한테 왔는디." 우체부 아저씨가 말했다.

분명 오 선생님이 보낸 편지일 것 같았다. 편지를 얼른 바지 주머니에 넣었다. 오빠는 집에 없었다. 대신에 엄마가 있었다.

"우체부가 뭐 줬냐?" 엄마가 물었다.

"암것도 안 줬는디." 엄마가 내 바지 주머니를 봤다. 편지봉투가 나 여기 있소, 인사를 하고 있었다.

"맹심해. 항시 배 바우 있는 디서 우체부 지키고 섰다가 핀지 오면 숨캐서 어매한티 가지고 와야 씬다." 엄마가 말했다.

"왜 그래야 하는디? 오빠 핀진디?" 내가 말했다.

"오빠 먼 디로 가 불 것인디 오빠 없어져도 좋은 거시여?" 엄마가 말했다.

"오빠는 안 간다고 했당께." 내가 말했다.

"다 같이 죽어야 니가 정신을 차릴 거시여? 오빠헌티는 입도 뻥긋하지 말어." 엄마가 말했다.

"마음이 지척이면 천리도 지척이라고 했어. 어매는 그것도 모름서 어매는 똥멍충이여."

"맞다. 맞어. 김 막심이는 멍충이다. 똥멍충이, 그래서 암것도 모린다." 엄마가 말했다.

화가 나서 엄마한테 똥멍충이라고 했지만 엄마는 똥멍충이가 아니다. 엄마는 나에게 구구단도 시계 보는 법도 가르쳐 줬다. 어쩔 땐 선생님보다 더 잘 가르쳐 준다.

학교에서 돌아오니 꽃이 그려진 동그랗고 예쁜 통이 있었다. 열어 보니 얇은 종이가 덮여 있었다. 종이를 걷어 내자 생전 처음 본 여러 가지 모양의 부드러워 보이는 과자가 들어 있었다. 하트 모양, 동그란 모양, 가운데 구멍이 뚫린 네모 모양. 과자에는 투명하고 네모난 작은 알갱이가 붙어 있었다. 그것을 핥아 봤더니 달콤했다. 설탕이었다.

"오빠 오기 전에 빨리 다 묵어 부러라." 엄마가 말했다.

"오빠랑 나놔 묵어야제." 내가 말했다.

"오빠한테는 아무 말 말어." 엄마가 말했다.

"오 선생님이 보낸 거시여?" 내가 물었다.

엄마가 대답 대신에 쓰으읍 소리를 냈다. 엄마의 쓰으읍 소리는 세상에서 제일 무서운 소리다. 요즘 엄마는 오 선생님이란 말만 해도 눈을 크게 뜨고 이 소리를 냈다.

"애깨 묵고 시픈디." 엄마가 또 쓰으읍 소리를 냈다.

"지렁이도 밟으면 꿈틀댄다는 속담도 있당께." 나는 이렇게 말하고는 과자 통을 들고 도망갔다. 엄마가 잡으러 따라올 줄 알았는데 그러지 않았다. 과자는 입안에서 사르르 녹았다. 엄마는 걱정할 필요가 없었다. 속담 사전에서 본, 마파람에 게 눈 감추듯 다 먹었다. 살아 있는 게를 본 적이 없어서 얼마나 빠른지는 알 수 없다. 그날 밤 배가 아파 죽을 뻔했다.

"나는 똥멍충이 김 막심이여야." 엄마가 한숨을 내쉬며 말했다.

엄마는 왜 이렇게 오 선생님을 싫어하는 걸까? 엄마는 처음에는 오 선생님을 참 좋아했다. 엄마는 오 선생님에게 마지막 남은 장닭을 잡아 닭죽을 끓여 줬다. 그동안 장닭은 나를 따라다니며 괴롭혔었다. 어떤 날 그 장닭을 갈쿠로 모가지를 휙 낚아채 마당을 몇 바퀴나 돌아다녔다. 나도 장닭도 어지러워 뱅뱅뱅 돌다 쓰러졌다. 그때도 엄마는 나보다는 장닭을 먼저 챙겼다. 그런 장닭을 오 선생님에게 삶아 줬다. 속담에 마음이 맞으면 삶은 도토리 한 알 가지고도 시장 멈춤을 한다고 했다. 그랬던 엄마가 어째서 오 선생님을 싫어하게 됐을까? 아무리 생각해도 알 수 없다.

편지봉투 속에 뭔가 들어 있는 것 같았다. 엄마에게 편지를 가져가기 전에 열어 봤다. 동그랗고 가느다란 반지였다. 반지만 얼른 꺼내고 다시 봉투를 붙여 엄마에게 가져갔다.

"담부텀 절대 열어 보지 말어." 엄마는 보지 않고도 알았다. 밤에 오빠에게 반지를 줬다. 오빠는 웬 거냐고 물었다.

"낮말은 새가 듣고 밤말은 쥐가 듣는다고 했는디 오빠는 암것도 모른갑네?"

오빠가 내 머리를 쓰다듬으며 고맙다고 했다. 엄마에게는 비밀이라는 말을 안 했는데도 오빠는 밖에서 엄마 목소리가 들리자 반지를 얼른 주머니에 숨겼다. 오빠 눈에서 눈물이 글썽거리는 것을 봤다. 편지를 오빠에게 보여 주고 싶었지만 그럴 수는 없었다. 오빠가 편지를 보면 안 되기 때문이다. 엄마는 편지를 가져다줄 때마다 다짐을 받았다. 오빠에게 지금 편지를 보여 줄 순 없지만, 오빠가 나중에는 볼 수 있었으면 좋겠다는 생각을 했다.

엄마 경대 서랍에 사진이 있었다. 밖에서 엄마 소리가 났다. 놀라서 사진 몇 장을 집어 얼른 허리춤에 넣고 서랍을 닫았다. 엄마가 방에 들어오더니 서랍 속에 있던 사진을 모두 꺼내 들고 나에게 금방 엉덩짝 보이겠다고 바지 올리라고 말하고는 나갔다. 바지를 올리자 허리춤 사진이 나 찾았소, 하는 것처럼 비죽하게 올라왔다. 큰일 날 뻔했다. 사진을 과자 통에 넣어 두고 부엌으로 나갔다. 엄마가 불이 타고 있는 아궁이 속에 사진을 넣는 것이 보였다. 그리고 마지막에는 오 선생님이 오빠에게 보낸 편지봉투도 넣었다.

"그것이 뭐시여? 오빠 핀지여? 맨날 오빠 핀지 태웠던 거시여?"

"쓰읍!"

"어매는 넘 물건은 쳐다도 보지 말라고 했슴서. 바늘 도둑이 소도둑 된당께."

"쓰읍!"

"똥멍충이 김 막심이는 나쁘당께." 내가 소리 질렀다.

"조용히 안 하냐이. 느그 오빠가 핀지 알게 되면 어쭈고 된다고 했냐?"

"죽는다고. 모다 죽는다고."

"어매 나쁘다고 생각하제?" 엄마 목소리가 조금 이상했다.

"오빠 핀진디 엄마 맘대로 불살라 버링께 나쁘제."

"어매 밉것다이?"

"밉제. 이쁘것어. 밉제. 아주 많이 밉제."

"미와해라. 고거이 대수것냐이." 엄마가 눈물을 흘렸다.

"어매는 나쁜디 안 싫어한당께. 안 밉당께. 죽는 건 죽어도 싫당께." 눈물이 펑펑 쏟아졌다.

여기는 곧 없어진다고 한다. 물을 채우는 데 5년이 걸린다고 했다. 얼마나 큰 저수지가 될지 상상이 안 된다. 배 바위는 너무 커서 다른 곳으로 옮기지 못한다고 한다. 그 자리에 그대로 두고 망가지지 않게 공사를 한다고 했다. 오빠는 소리 내어 울었다. 엄마가 오빠한테 사나그가 밸일도 아닌디 울어 싼다고 뭐라 그랬다. 에린 동상도 안 우는디 하면서. 엄마 말을 들으니 울면 안 될 것 같았다. 눈물을 참으려 했지만 눈물이 줄줄 흘렀다. 소매로 얼른 눈물을 닦고 엄마를 보니 엄마 역시 우는 것 같았다. 고향이 없어지는 건 너무 슬픈 일이다.

배 바위가 있는 쪽 하늘이 무지개색이었다. 무지개 물고기는 참말로 있다. 보물 상자를 넣어 둘 곳이 생각났다. 마음 한번 잘 먹으면 북두칠성이 굽어보신다 했다. 보물 상자를 배 바위에 넣어 두면 오빠도 엄마도 영원히 볼 수 없을 것이고 영원히 사라지지도 않을 것이다.

한참 동안 우리 셋 사이에 침묵이 흘렀다. 일기를 읽고 나자 좀 숙연해지기도 슬퍼지기도 했다. 고인돌을 수장시킬 때 최소한 이 사람들은 눈물을 흘렸을 거라는 생각이 들었다.

"이 초딩 분 지금은 굉장한 작가가 됐을 것 같아. 술술 읽혀." 민주가 말했다.

"그러니까. 엄청 재밌는데 또 엄청 슬프기도 하고." 내 말에 시훈은 조용히 고개만 끄덕거렸다.

"식기 전에 편지 읽자." 민주는 편지가 식는 음식이라도 되는 듯 서둘렀다. 그러는 민주를 시훈이 막았다.

"왜? 편지 읽기로 했잖아?"

"편지에 주소 있잖아. 주인을 찾아볼 수 있지 않을까?" 시훈이 말했다.

"야! 어떻게 찾냐? 여긴 수몰돼서 사라진 곳이잖아?" 민주가 말했다.

"그렇구나. 그래도 좀 기다려 줘. 손으로 뜯으면 지저분해지잖아." 시훈이 가방에서 가위를 꺼냈다. 민주가 "헐!"이라고 외쳤다. 나 역시 시훈의 철두철미한 준비성에 계속 놀라고 있었다.

"이걸 먼저 읽어 볼까?" 민주가 기마 인물형 토기 우표가 붙어 있는 편지봉투 끝을 재빨리 가위로 잘랐다. 즐겨 보는 유튜브 채널 '사춘기 토자'의 토끼 토자가 건초를 씹을 때 내는 '샥샥샥!' 소리가 났다. 사춘기 토자는 뭐든 빠르게 한다. 서둘러 읽고 싶은 민주의 마음이 보였다.

"편지를 보내는 사람, 받는 사람의 마음을 찬찬히 생각하고 싶었는데." 시훈이 말했다.

"그랬냐? 미안. 너무 궁금해서 참을 수가 있어야지." 민주가 봉투 안에서 편지를 꺼내며 말했다.

# 6

안녕

우리의 한때를 생각했어. 술을 마셨던 날이었어. 마주 보던 순간이 있었고 눈이 마주쳐 웃었던 순간이 있었다. 나는 너와 그런 시간이 많았으면, 앞으로도 계속 이렇게 살 수 있었으면 바랐다.

한국에 잠깐 들어왔어. 연구실 휴가야. 벌써 가슴이 뛴다. 널 만날 수 있다고 생각하니. 이번에 널 만나면 꼭 확인하고 싶어. 그동안 내가 물었던 것에 대한 답. 용기를 내기로 했어. 네가 없는 시간 동안 나는 부서지기만 하고 무너지기만 하고 사라지기만 한다는 걸 알았어. 네 마음에 기대고 싶어. 29일 토요일 12시 그곳에서 보고 싶어.

너를 만나기 168시간 전

"지금은 만난 지 몇 시간째일까?" 시훈이 우표에 찍힌, 아직도 선명한 소인을 보며 말했다.

"어디 보자. 계산 좀 해 보고. 일 년이 8760시간이니까 26만 2600시간 정도." 내가 말했다.

"뭐래? 전해지지도 않은 편지. 반대하는 엄마. 어떻게 만났겠냐?" 민주가 어이없다는 표정으로 말했다.

"만나야 할 사람은 꼭 만난다는 말, 나는 믿어." 시훈이 말했다.

"그럴 수도 있겠네. 박 양반 할머니랑 오래 지내다 보면 알게 되는 것들이 있어. 이 엄마 말로만 반대하는 것 같긴 해." 민주가 고개까지 끄덕이며 말했다. 태세 전환 빠르다.

나는 아무런 말없이 읽은 편지를 원래대로 접어 봉투에 넣었다.

이번에 집어 든 편지봉투는 얄팍했다. 안에 아무것도 들어 있지 않은 것 같았다. 봉투를 잘라 보니 얇은 종이가 들어 있었다. 앞서 읽었던 편지와는 다르게 손 글씨로 쓰여 있는 편지였다.

내가 다니는 대학은 시내에 있어. 학생 수와 건물에 비해 학교 면적은 매우 좁아. 건물들이 빽빽하게 들어차 있어. 내가 공부하는 건물은 문학부와 국제 센터인데 하루에 강의를 세 개 정도 들어. 여기는 교시 하나가 꽤 길어. 1시간 20분, 거의 두 시간. 강의 내용은 아직은 알아듣는 것과 알아듣지 못하는 비율이 반반.

기숙사는 시내에 있는 대학에서 4킬로 정도 떨어져 있는 외곽이야. 시설이 꽤 괜찮아. 방마다 에어컨, 냉장고, 욕실이 있어. 기숙사와 학교를 오가는 버스는 많은데 버스비가 엄청 비싸. 그래서 자전거 한 대 구입했어. 중고로 살까 하다 중고는 등록이 번거롭다는 말을 들어서 그냥 새 자전거를 샀지. 이걸 사고 나면 한 달… 이건 과장이고 일주일은 물만 마시며 살아야 할지도 몰라. 컬러는 화이트, 차체 번호는 B9006233, 등록번호는 12-69314. 이름은 L 이제 나는 늘 L이랑 함께할 거야.

책꽂이 가운데에 널 그린 그림이 있어. 거기에서 넌 늘 날 보며 웃고 있지. 네 어머니가 달란다고 바보처럼 지갑에 넣어 둔 코팅된 사진까지 드렸던 게 후회돼. 너의 곁에 있었던 날들이 벌써 까마득하게 멀어져 있구나, 생각했다.

너를 못 본 지 168시간째


시훈이 자전거에 자기가 사랑하는 사람의 이름을 붙이는 마음을 알 것 같다고 말했다. 민주는 말없이 알겠다는 듯 고개를 끄덕이고 있다가 나와 눈이 마주치자 얼굴이 빨개지며 말했다.

"지금도 그런다는 건 아니다. 정말이야."

"뭐가?" 나는 편지지를 원래대로 접어 봉투에 넣으며 물었다.

"모르면 됐어. 안 들은 만 못한 말은 안 하는 것이 나아." 민주가 말했다.


이번 편지는 프린트된 것이었다. 편지지도 두꺼웠다.

안녕!

또 하루가 지나가고 있어.

오늘은 오전에 어학 시험이 있어서 꽤 바쁜 날이었지. 시험은 어학 선생과 단 둘이 앉아서 20분간 하나의 주제를 가지고 대화를 나누는 것이었어. 짧은 어학 실력이라 말하는 내내 땀이 나더라.

오후에는 연구실에서 두문불출 책을 뒤적이고 리포트를 작성했다. 배가고파 시계를 보니 연구실 퇴실 시간이야. 밥 먹는 걸 깜빡했지.

가끔 이곳 사람들과 한국 이야기를 해. 그리고 네 이야기는 아주 많이 해. 네 이야길 하면 이곳 사람들은 좋겠다며 웃어. 너 같은 여자 친구가 있어서 부럽다고도 하고. 여자 친구라는 말에 나는 그저 고개만 끄덕거려.

여러 가지 필요한 자료들을 수집하는 중이야. 논문 준비도 슬슬 시작해야하고 기초 자료도 너무 부족한 것 같고. 1학기 세미나는 그동안의 자료로도 어렵지 않게 소화할 수 있을 것 같은데 2학기 세미나 관련 자료는 너무 빈약한 것 같아. 보충해야 할 부분이 너무 많네. 시간이 촉박하다고 생각하니 초조해지고 그런다. 요즈음은 학교에서 필수 수업만 받고 집으로 돌아와 자료정리에 매달리고 있어. 세미나 발표 순서를 다른 일본인 학생들보다 여유 있게 배정받았는데도 시간에 쫓기는 중이야. 리포트도 세 개나 써야 해서 더욱 더 초조하네.

세미나 때문에 눈코 뜰 새 없이 바쁘다. 며칠 여유가 있긴 하지만 대충 자료 정리는 끝냈어. 일본 학생들은 세미나를 하게 되면 토기의 세밀한 변화나 기타 유물의 변화로 시간의 흐름과 지역적 연관성을 찾는 작업에 치중하는 편이야. 그런데 나는 좀 다른 방식을 시도해 보았어. 우리나라 패총에서 출토된 경질 무문 토기(이중 구연 토기)를 통계학적으로 접근하는 것이지. 층위별로 토기 형식의 출토 빈도수를 측정하면 토기 형식의 시기별 변화를 알 수 있지 않을까 생각해. 기대되는 작업이야.

한참 떠들다 고개를 돌리면 나를 바라보고 있는 네가 있어서 안도하곤 했어. 지루하지 않느냐고 물으면 넌 고개를 가로저었어. 그러는 네가 좋아서 동그란 콧방울을 손끝으로 누르면 넌 인상을 쓰면서도 웃었어.

너를 못 본 지 720시간째

여자 친구라는 말에 고개를 갸웃했다. 민주도 이상했는지 코팅된 사진을 한 번 더 보더니 나와 시훈을 번갈아 쳐다봤다.

이번 편지는 얇은 편지지에 손 글씨로 쓰여 있었다.

여기에는 많은 나라에서 온 유학생들이 모여 있어.

한국, 대만, 중국, 미국, 싱가포르, 브라질, 칠레, 베트남, 캐나다, 아프리카 등. 학교 내 유학생 센터에서 만나 대화를 나누다 보면 재미있어. 세계 각국의 언어와 문화를 알게 되니까. 베트남 친구와 중국 남부 지방 친구들이 원숭이 머리 요리를 먹는다니까 징그러운 표정을 짓다가 한국에서는 강아지를 먹는다고 하니깐 더 요상한 표정을 짓더라. 중국어와 독일어는 좀 흥미로운 것 같아. 인사말과 간단한 단어들을 배우고 나도 한국어를 가르쳐 주고 있어. 여기에서는 기록을 필기로도 하지만 워드 프로세서를 사용해서 하는 경우도 많아. 나도 며칠 만에 작동법을 배우고 지금은 직접 사용하고 있어. 컴퓨터만큼은 아니지만 기본적인 기능을 갖추고 있어서 계산과 참고 문헌을 디스크에 기록하는 데 매우 유용해. 요즈음은 연구실에서 컴퓨터 작동법을 배우고 있어. 서툴지만 책을 보면서 독학하고 있지. 아직 한국어 디스크가 없어서 일본어로 글자를 쳐야 하는 어려움이 있어.

이곳 수업은 매우 힘들어. 모든 수업이 세미나로 이루어지고 있어서 발표자나 청강자 모두 긴장하고 있지. 발표도 질문도 수준이 높은 것 같아. 나는 아직 일본어가 서툴지만 6일 날 발표가 있어. 아직 분위기도 익히지 못했는데 "오 군! 일본어 상당해." 웃으면서 발표 날짜를 정해 버리더라. 담당 교수가 좀 섬뜩하기도 냉정하기도 했어.

너를 못 본 지 480시간째

이번 편지는 프린트된 것이었다.

오늘은 아침부터 우중충하더니 오후에는 결국 비가 한바탕 쏟아졌고 밤이 돼 집에 돌아올 땐 비가 그쳐 비를 맞지는 않았어. 그렇지만 바람이 좀 차다 싶었는데 여지없이 기침이 나온다. 기침하는 나에게 네가 보리가 그려진 찻잔을 내밀던 날이 있었지. 찻잔에는 김을 피워 올리는 노란빛을 띤 액체가 담겨 있었어. 뭔지 묻는 나에게 너는 마당에 있는 키가 큰 나무를 가리키며 말했어. 나무에는 타원형의 연둣빛 여린 잎들이 달려 있었어. "옛날에는 사랑의 증표로 연인에게 보내던 귀한 열매래요. 그걸로 담근 차예요." 말을 마친 네 얼굴은 완전히 선홍색이었어. 나중에 알았지. 그 나무가 모과나무라는 것을.

아침 7시엔 일어나 이불 속에서 10분쯤 웅크리고 있다 가까스로 몸을 일으킨다. 침대에 걸터앉아 담배를 한 대 피우고, 면도와 세안을 끝내면 7시 40분쯤. 아침으로 빵 한 조각, 우유 한 잔, 계란프라이 한 개를 천천히 욱여넣듯 먹고 나면 8시. 나의 L과 지름길(시장통)로 가면 학교까지 15분 소요. 좀 더 한적한 길(강변)을 택해 천천히 간다면 25분 정도 소요. 2층 연구실에 올라가 맨 먼저 차 한 잔(한국의 녹차 비슷) 마시면 8시 40분. 대략 9시부터 책 뒤적이고 유물 실측, 컴퓨터 두드리고 일본 학생들과 얘기 나누다 보면 12시 점심시간. 맛없는 밥, 맛없는 국, 맛없는 양배추, 맛없는 돈가스, 마지막으로 맛있는 귤이나 사과 한 조각. 남은 점심시간 동안 공학부에 있는 친한 한국인 유학생들과 놀다가 1시 30분쯤 연구실 복귀. 또 어슬렁거리다 5시 30분쯤 저녁, 9시 50분까지 연구실에서 시간 보내려 노력하다 연구실 문 잠그고 수위실에 열쇠 반납. 나의 L과 어두운 길을 달려오면 텅 빈 방.

603호 우체통에 내가 기다리는 건 늘 없어. 하지만 기대를 해. 하지만 실망도 하지 않아. 아직은 네 대답을 기다릴 수 있으니까. 한 번도 제대로 표현하지 못한 내 마음을 생각해. 어떤 날은 가까웠다, 어떤 날은 멀어지는 알 수 없는 네 마음을 생각해.

너를 못 본 지 1008시간째

이번 편지는 손 글씨로 쓰여 있었고 편지지는 얇은 종이였다.

한차례 비가 내렸어. 그래서인지 밤에 개구리 우는 소리가 더 커졌어. 기숙사 내 방 가까운 곳에 연못이 있어. 곤충들과 개구리, 새 등 작고 귀여운 동물들이 참 많아. 밤에 내 방에 앉아 있으면 개구리 소리, 새 소리, 가끔 외국(중국인, 방글라데시인, 파키스탄인) 친구들이 떠드는 소리도 들려. 낯선 땅의 낯선 언어들이지만 모든 소리가 섞이면 왠지 정답게 느껴지는 것 같아.

〈이웃집 토토로〉라는 애니메이션 비디오를 봤어. 토토로는 얼굴은 고양이를 닮았고 귀는 쫑긋해서 토끼를 닮았고 덩치는 곰처럼 크고 복슬복슬한 하얀 털이 배에 가득한 좀 알쏭달쏭한 동물이야. 어른들 눈에는 절대 보이지 않고 아이들만 볼 수 있는, 숲속에 사는 정령이지. 언니와 동생이 주요 등장인물인데 동생이 꼭 네 여동생을 닮았어. 양 갈래로 머리를 묶고 양 볼이 빵빵하고 특히 심술 난 표정으로 "오빠도 오 선생님도 밉당께" 할 때의 얼굴이 지금도 눈에 선해. 나를 오빠라고 불러 달라고 했을 때 자기에게 오빠는 너 한 사람뿐이라고 야무지게 말하던 모습도 잊히지 않아.

　너를 못 본 지 481시간째

"어! 어? 이게 무슨 말이지?" 민주가 나와 시훈을 번갈아 쳐다봤다. 아무런 말이 없던 시훈은 눈가에 눈물이 맺혀 있었다.

"울어? 왜?"

민주가 이해할 수 없다는 표정을 지어 보였다. 나는 다 읽고 난

다음에 천천히 이야기해 보자고 말했다. 민주는 이해할 수 없다는 듯 고개를 갸웃거렸다.

이번 편지는 프린트된 것이었다.

비가 조금씩 내린다.

이제 쉬는 날에 컴퓨터를 하러 연구실에 가지 않아도 돼. 실은 내게도 나만의 컴퓨터가 생겼거든. 이름도 붙였어. 뭘 것 같아? 맞혀 봐! 너에게 가장 먼저 편지를 쓰는 거야. 지금 치고 있는 것이 그 기계인데 이번에 공부를 마치고 한국으로 돌아가는 유학생에게서 아주 싼 가격으로 샀어. 오래된 것인데도 상태가 매우 좋아서 마음에 들어. Epson PC-286VF. 16비트의 비교적 좋은 기종에 속하는 거야. 여기에서는 오래된 것이지만 한국에서 현재 사용되고 있는 것들과 비슷한 성능이라더군. 그래서 기분이 매우 좋아. 연구실 컴퓨터는 여러 사람이 사용하는 거라 마냥 혼자서 독점할 수가 없거든. 컴퓨터 실력이 꽤 늘었어. 키보드 치는 속도, 필요한 자료 입력, 여러 가지 프로그램들도 익히는 중이야. 엄청 재밌어. 내 컴퓨터에도 이름을 붙였어.

니 니니 니니니니니!

너를 못 본 지 502시간째

L로 쓴 편지인 걸 알 수 있었다. 컴퓨터가 생기기 전인 502시간 전에는 손 글씨로, 이후에는 컴퓨터로 편지를 쓴 것이었다. 민주는

열심히 뭔가를 검색하더니 핸드폰 화면 속 사진을 보여 주며 L이라고 말했다. 정보 교과서에서 봤던 모습의 컴퓨터였다. 사진 아래에 1990년대 286 컴퓨터라고 쓰여 있었다.

여기에선 장마를 매화 비라고 불러. 매화 열매가 익을 무렵에 내리는 비라서 붙은 이름이라더라.

오늘은 일요일. 아무도 안 나올 줄 알고 연구실에 왔더니 교수님들도 모두 나와 있고 학부생들도 몇 명 나와 있어서 조금 놀랐어. 이번 주는 아주 쉽게 지나갔어. 어학은 아직도 어렵지만, 그런대로 버틸 만해. 아무것도 몰라서 졸리거나 지루하다고 느낄 정도는 이제 아닌 것 같아. 며칠 전에는 패총 유적에 다녀왔어. 내가 한국에 있을 때도 알던 것이니까 꽤 유명한 유적이지. 지금 발굴하고 있는데 익숙한 무문 토기와 점토대 토기가 여러 점 있더라. 꽤 흥미로운 유적이야. 너에게도 보여 주고 싶어 그림을 그려 뒀어. 그런 날이 오기는 올까 싶어 두려운 마음이 생겼지만, 우리가 함께한 그 시간과 공간은 절대 사라지지 않을 거라는 걸 알고 있어.

너를 못 본 지 2160시간째

처음으로 아르바이트를 나갔어.

한국어 강사. 생각보다 어렵지 않고 가끔 있는 수업이라 부담스럽지 않아서 좋아. 한 가지 단점이라면 급료가 너무 적다는 것. 하지만 나 역시 일본어를 배우는 셈 치면 나쁘지 않다고 생각하기로 했어.

기숙사 가까운 곳에 해변이 있어. 산책 삼아 해변을 걷는데 한글이 써진 과자 봉지나 음료수병 등 자질구레한 우리나라 쓰레기가 밀려와 있어. 여기에서는 한국 쓰레기만 봐도 엄청 반갑더라. 그걸 치우는 청소부는 고생하는 것 같았지만.

서두르지도 다그치지도 않을게. 너를 기다리는 것이 나의 일인 것처럼 기다릴게.

혼자 집으로 돌아오는 길, 평상시라면 외로웠을 텐데 환하게 밝은 보름달 덕분에 외롭지 않았어. 달빛이 가득 찬 밤이라서인지 혼자가 아닌 느낌이었어. 옆에 네가 함께 있는 것 같았지. 어젯밤 꿈에 무지개 물고기를 보았어. 달빛을 먹은 무지개 물고기가 오색으로 빛나더라. 그저 구전되는 이야기일 뿐이라고 생각했는데 마음속으로는 내가 믿고 있었나 봐.

석실분 인골 이장을 하고 온 날. 열이 끓어 정신을 잃었어. 나는 꼬박 이틀을 앓았지. 내 이마를 짚은 서늘한 손을 놓을 수 없었어. 내가 정신을 차리자 네 어머니는 의좋은 형제처럼 지내라고 말했어. 그것이 옳은 마음이라고. 어른은 그래야 된다고. 그래야 모두 살 수 있다고. 비어 있는 편지함을 보니 눈물이 났어. 네 편지를 간절하게 기다리고 있었나 봐. 나쁜 소원인 줄 알면서도. 분명 나쁜 소원일 거야. 옳지 못한 마음. 너를 다시 볼 수 없다는 건 나에겐 가장 큰 불행이라는 생각을 했어.

너를 못 본 지 2441시간째

나는 사진들을 다시 자세하게 들여다보다 세 사람이 함께 찍은 사진에서 배꼽 공식을 발견했다.

"배꼽 공식 발견!"

민주가 그게 뭐냐고 물었다. 나는 예전에 기사에서 읽었던 배꼽 공식에 관해 설명했다. 자신도 모르게 사랑하는 사람 쪽으로 배꼽을 향하게 한다는 내용이었다. 머리에 수건을 두른 가운데 남자는 고개를 돌려 양 볼에 보조개가 있는 남자를 보고 있고, 그 남자의 얼굴은 정면을 향하고 있지만 무릎과 발끝은 자신 옆의 남자를 향해 있다고 사진을 가리키며 말했다.

민주가 '하아!' 탄식 비슷한 소리를 냈고 시훈이 '후우!' 한숨을 내쉬었는데 어쩐지 안도하는 것 같았다. 나는 조심스럽게 둘의 눈치를 살피다 말했다.

"허심허심한데 일단 뭐 좀 먹고 이것에 관해 정리를 해 보면 어떨까 하는데 친구들 생각은 어때? 내가 마침 초콜릿을 가지고 있다는 것이 생각났지 뭐야?"

"뭐래? 줘!" 민주가 말했다.

"뭔가를 부탁하는 자세는 아니지만, 그냥 줄게."

"뭐래?"

"나는 별로 먹고 싶지 않아." 시훈이 말했다.

"나 할 말 있어. 일단 먹어야 정리가 될 것 같아." 민주가 말했다.

"그래. 생각하는데 저작 운동만큼 좋은 게 없지." 민주가 그게 뭔 소리냐는 듯 나를 쳐다봤다. 내가 엄지와 검지를 뗐다 붙였다

하자 알겠다는 듯 고개를 끄덕이며 아몬드 초콜릿을 씹었다. 오도독 소리가 났다.

"둘 다 남자라서 나쁜 소원이면, 옳지 못한 마음이라는 건 너무한 것 같아. 사랑하는 마음이 어떻게 나쁜 거야?" 민주가 쏟아내듯 말하고는 핸드폰 화면을 보여 줬다.

"우리 부모님이 자동차에 붙이고 다니는 거야."

뒷유리에 큼지막한 글자가 쓰인 종이 플래카드가 붙어 있는 자동차 사진이었다. 차 뒷유리에 같은 글귀를 붙이고 다니는 자동차를 아파트 주차장에서 몇 대 본 적 있다. 눈살이 찌푸려지는 내용이었고 아래에는 인근에서 가장 큰 교회 이름이 쓰여 있었다.

"나는 다 나처럼 생각하는 줄 알았어. 내 주변 사람들은 전부 그렇게 말했거든. 학교 친구들, 부모님, 내가 가장 좋아하는 박 양반 씨도 동성애는 정신. 아! 말하는 순간 혐오가 된다고 했지."

"너 학교 다녀? 네 이름표에는 안 적혀 있었는데."

"그날 수어 박수를 나 빼고 다 치고 있는 모습을 보면서 내가 뭔가 잘못 알고 있을 수도 있겠다는 생각이 처음으로 들었어. 그래서 그냥 학교 이름 안 쓴 거야."

민주는 그 교회의 부속 학교 9학년에 다니고 있었다. 그동안 한 번도 부모님이 자동차에 붙이는 글귀와 학교에서 배우는 동성애자들에 대한 것들에 의심을 품어 본 적도, 그것들을 배우며 부끄러워 본 적도 없었다고 했다. 그런데 그날 모두의 수어 박수는 충격적이었다고 했다. '시인공감'에서의 일 이후 민주는 노엘라 작가님이 보낸 택배를 받았다고 한다. 작가님이 쓴 청소년 소설책과 '띵동'이라는 청소년 성 소수자 위기지원센터에서 발간한 조사 보고서 한 권이 들어 있었다. 그 안에 쪽지가 있었는데 알고자 하는 노력을 해달라고 쓰여 있었고, 나에게는 여전히 성 소수자에 대해 그렇게 생각하냐는 톡을 받았고. 생각해 보니 동성애 관련 책은 한 권도 읽지 않았다는 걸 알았다고 했다. 소설책을 읽고는 어차피 꾸며 낸 이야기라는 생각이 들었는데 조사 보고서를 읽을 땐 달랐다고 했다. 자신이 그동안 했던 말과 행동들에 구역질이 났다고 했다.

"나는 남친은 될 수 없지만, 게이 남사친은 돼 줄 수 있어." 시훈이 말했다. 민주가 놀라서 눈이 커졌다.

"그, 그러니까 너희 둘 사귀는 것이 아니라는 말이지? 그리고 시훈이 넌 게이고?"

나와 시훈이 동시에 고개를 끄덕였다.

"앗! 구질구질한 것 싫다고 한 말 오해하지 않았으면 좋겠어. 너희 둘 사귀는 사이라 손 안 잡겠다는 의미였어. 여친 있는 사람에게 그렇게 하는 건 아닌 것 같아서. 아 그리고 김밥 안 먹겠다고 한 거. 고기라서야. 나 고기 안 먹거든. 진짜야! 진짜! 진짜!" 민주가 진짜라는 말을 세 번이나 하며 강조했다.

"내가 게이인 걸 방금 안 거였구나? 나는 네가 알고 있는 줄 알았어. 그래서 손도 안 잡고 싶은 거고 음식도 같이 안 먹으려는 건 줄 알았어." 시훈이 안경을 벗어 들고 눈을 비볐다.

"자다가도 일어나서 먹는 게 김밥이야. 내가 김밥을 얼마나 좋아하는데." 민주는 배낭을 뒤적이더니 푸릇한 썸머킹 사과를 꺼내 나에게 내밀었다.

"나 아닌 것 같은데. 사과는 이쪽으로." 나는 정중하게 두 손으로 시훈을 가리켰다.

"너 웬만한 악력 좀 써 보라고." 민주가 말했다.

"아! 그런 거였어? 그런데 쪼갤 수 있을지 모르겠다. 이게 부드러운 듯 단단하거든." 사과를 붙잡고 힘을 줬다. 즙이 흘러 달고 상큼한 향이 코끝에 와닿았다. 사과는 쪼개지는 대신 겉에 내 손자국만 남았다. 시훈이 말없이 가방에서 맥가이버 칼을 꺼내 사과를 세 쪽으로 나눴다.

"사과할게. 알지도 못하고 말해서 시훈이 너에겐 상처를 줬고 가나 넌 미워했어. 그날 대놓고 나를 꼽 줬다고 생각했거든. 그리고 시훈이 여친이라고 생각해서 더 미워했었고. 내 사과를 받아 줘." 민주가 나와 시훈에게 사과 조각들을 내밀었다. 시훈이 마지막 남은 사과 한 쪽을 집더니 민주에게 건넸다.

"나도 미안해! 나는 네가 절대 변하지 않을 거라고 생각했어." 시훈이 말했다.

"욕 많이 했겠네. 어쩐지 귀가 엄청 가렵더…."

"야! 사과 식는다. 일단 먹어! 먹어!" 나는 얼른 내 몫의 사과를 입에 넣고 민주 입에도 사과를 물려 줬다.

"사과 달다!" 내가 바닥에 드러누우며 말했다.

"다디다네. 아까부터 느낀 건데 너무 시원하지 않냐? 꼭 숲에 들어와 있는 것 같아." 민주가 주변을 두리번거리며 말했다.

"줄곧 바위 그늘인 줄 알았는데 나무들 그림자인 것 같아." 그림자가 흔들렸다. 나뭇잎이 흔들리듯.

"여기가 예전에 신들이 사는 숲이었잖아."

"그래서 그런가? 나 꿈에서 숲을 봤어." 민주가 꿈 이야기를 했다. 내가 봤던 숲의 모습과 같았다.

"나도 민주랑 같은 꿈을 꾼 것 같아." 시훈이 말했다.

"나는 꿈이 아니라고 생각했어."

"꿈이 아닐 수도 있지. 팀장님이 말했잖아. 고고학 공부를 하다 보면 과거의 방문을 받을 때도 있고 과거로 초대되기도 한다고."

"우리는 과거의 방문을 받은 걸까? 아니면 과거로 초대를 받은 걸까?" 시훈이 진지한 표정으로 물었다.

"나중에 생각하고 일단 배 바위에 올라가 사진 찍자." 민주가 말했다.

사진 속 세 사람처럼 나란히 앉았다. 내가 가운데에 자리 잡았다. 시훈이 팔을 쭉 뻗었다. 나는 하나, 둘을 세고 기습적으로 두 사람과 어깨동무했다. 시훈은 처음에는 놀란 것 같았지만 그대로 있었고 민주는 '뭐냐' 하는 눈으로 나를 쳐다보다 '픽!' 웃었다.

"편지 쓸래?" 시훈이 해맑은 미소를 띠며 말했다.

"양보할게." 나와 민주의 입에서 동시에 나온 말이었다. 나와 민주가 찌찌뽕을 하는 사이 시훈은 수첩에 뭔가를 열심히 쓰기 시작했다. 나와 민주는 시훈에게 빨리 쓰지 않으면 혼자 두고 가 버린다고 협박했다. 시훈이 알았다며 서둘러 수첩에서 종이를 떼어 냈다. 종이 자투리가 너덜너덜 지저분해 보였다.

"그래, 맘 놓고 깔끔해라." 민주가 말했다. 시훈은 가위를 꺼내 너덜거리는 자투리를 정리한 뒤 정성스럽게 꾹꾹 눌러 가며 쪽지 접기를 했다. 내가 과자 통 뚜껑을 열고 시훈이 쪽지를 넣을 때였다. 시커먼 구름이 빠르게 이동하는 것이 보였다. 먹구름은 정자 지붕 위에서 멈추더니 그곳에만 비가 내렸다. 그리고 잠시 후에 무지개가 떴다.

정자로 다시 돌아왔을 때 우체통이 있었다. 윗부분은 빨갛고 아랫부분은 초록색이었다. 편지를 넣는 입구가 엄청 컸다.

"우체통 아까도 있었어?" 내 말에 시훈과 민주가 고개를 가로저었다.

"이거 옛날 우체통인가 봐. 지금 거랑 달라." 시훈이 말했다.

"나는 본 적이 잘 없는 것 같은데. 뭐가 어떻게 달라?" 민주가 말했다.

"지금은 다 빨갛지. 입구도 이렇게 크지 않고." 시훈이 말했다.

"이 우체통 어디서 본 것 같은데. 생각이 안 나네." 내가 생각해 내려 애쓸 때 시훈이 물었다.

"그런데 과자 통 어떻게 할까?"

"여기 넣어 볼까?" 민주가 우체통을 눈짓으로 가리키며 말했다.

"왜?" 시훈이 말했다.

"우체통이니까. 혹시 알아? 마법의 우체통일지." 민주가 장난스럽게 말하며 우체통 입구 쪽으로 과자 통을 가져갔다.

"입구가 작은 것 같은데." 내가 말했다.

"박 양반 씨 가라사대 눈이 게으른 거라고 했지." 민주 말이 끝나기가 무섭게 과자 통이 우체통 속으로 빨려 들어가 버렸다.

"이 우체통 진짜 이상해. 내가 넣은 거 아니다. 안 믿겠지만 그냥 과자 통이 혼자 '쑤욱!' 들어갔다니까."

이상하긴 했다. '툭!'이랄지 '통통!'이랄지, 무게가 있는 물체라면 바닥에 닿는 순간 소리가 나야 하는데 아무런 소리도 들리지 않았다. 우체통 바닥이 소음을 완벽하게 흡수했거나, 과자 통이 무한대의 공간으로 떨어지는 중인 것 같았다.

"과자 통 꺼내자." 우체통 입구에 손을 넣었다. 가장 팔이 짧은 나부터 민주, 마지막 시훈까지. 우체통 바닥을 손으로 샅샅이 뒤졌지만, 과자 통은 없었다.

"우체통을 뒤집어 탈탈 털고 싶네." 민주가 아래쪽 편지 꺼내는 문을 잡아당겼다. 열렸다. 허탈했다. 구석구석 확인했지만, 과자 통은 없었다.

"사라졌어!" 시훈이 바닥에 주저앉았다.

"나 로맨스 영화 광팬이거든. 안 본 것 찾는 게 더 빠를 거야. 얼마 전에 〈시월애〉를 봤어. 시간을 뛰어넘는 사랑이라는 뜻인데 거기서도 우체통을 통해 과거의 남자와 현재의 여자가 편지를 주고받아. 그러니까 이런 일, 불가능한 건 아니라는 말이지. 절대 이상한 일 아니야. 그렇지?" 민주가 나와 시훈을 번갈아 쳐다봤다. 나와 시훈이 고개를 끄덕였다.

"혹시 민주 너도 미래도 살아? 나 그 아파트에 살거든." 내가 말했다.

"몰랐어? 어떻게 몰라?" 나는 얼굴인식불능증에 관해 말했다. 민주는 그런 사람 꽤 되는 것 같다며 자기 아이 사진도 못 알아보는 연예인도 있더라는 말을 했다.

"도서관에서 시훈이 엽서 준 것도 혹시 너였어? 《뼈의 방》 책에서 꺼내 줬잖아?"

"너한테 엽서를 주긴 했는데, 시훈이 거였구나. 그런데 그 병 그림은 뭐야? 혹시 내가 아는 그 뜻이야?" 민주가 시훈을 바라보며 말했다.

"처음엔 그랬는데 지금은 아니야."

"지금도 그렇다고 했으면 욕할 뻔. 그리고 가나! 내가 먼저 아는 척할게. 걱정은 하덜 말어."

"툴툴거리지만, 알고 보면 츤데레. 이제 민주 널 알아볼 수 있을 것 같아."

"그래서 말인데 나 앨라이가 될 수 있을까?" 민주가 약간 수줍
어하면서 말했다.

"이미 앨라이인걸. 성 소수자에 대해 더 알려고 하고 들어주고
공감하고 있잖아."

땅동에서 발간한 〈학교에서 무지개길 함께 걷기〉라는 가이드북
에서 앨라이에 대한 글을 읽은 적이 있었다. 민주도 그 글을 통해
성 소수자의 인권을 지지하는 사람을 뜻하는 앨라이라는 표현을
알게 된 것 같았다.

"내가 좋아하는 사람들은 왜 다 이성애자인지 모르겠다." 시훈
이 우리 둘을 가만히 보고 있다가 말했다. 생각지도 못했던 얘기였
다. 그동안 나는 자신과 자신이 좋아하는 사람의 성 정체성이 달라
서 아쉬워하고 불만을 가지는 건 이성애자들만의 경험인 줄로만
알고 있었다.

"미래의 내 짝, 짝도 없고 게이도 아닌 짝이 이 모자를 쓰고 나타
나기를!" 민주가 모자를 벗더니 우체통에 넣었다. 얼마 지나지 않
아 모자가 밖으로 튀어나왔다. 민주가 고개를 갸웃하며 한 번 더
모자를 우체통에 넣었다. 이번에도 모자는 밖으로 튀어나왔다.

"일해라! 우체통!" 민주가 외치며 모자를 다시 넣었지만, 어김
없이 출구로 떨어졌다. 민주가 '이생망'이라고 말했다. 우리는 모
두 웃었다. 시훈이 뭔가를 생각하는가 싶더니 가방에 달려 있던 왕

경태 십자수 열쇠고리를 뺐다.

"석실분 그분들에게 가 줘." 시훈 목소리는 절실했다. 열쇠고리는 우체통 밖으로 다시 나오지 않았다. 우리 셋은 우체통 속을 살폈다. 열쇠고리는 보이지 않았다.

"뭐야? 이 우체통! 편식까지 하시는 걸 몰랐네. 가나 넌 뭐 넣을 거 없어?" 민주가 물었다.

"글쎄!"

"그거 넣으면 되겠네. 소원 팔찌."

"그럴까?"

나는 팔찌를 우체통에 넣으며 엄마를 생각했다. 엄마라는 단어가 아닌 엄마 김이영 씨를.

우체통 속을 확인하던 민주가 말했다.

"팔찌도 사라졌어. 오호라! 이제 뭘 넣어야 할지 알겠다. 나는 박 양반식 기도를 넣어 볼게."

"기도는 너무 길 것 같은데." 내가 말했다. 내가 잠깐 경험한 교회에서 기도는 아주 엄숙하고 절절하고, 무엇보다도 다리가 저릴 만큼 긴 시간 동안 이루어지는 것이었다. 내 말에 민주가 '씨익!' 웃었다. 이모가 사악하다고 했던 내 미소가 이러지 않았을까 하고 생각할 때였다.

"모두 다 명 타고 복 타게 해주쑈. 아멘."

"끝났어?"

"박 양반식이라고 했잖아?"

"박 양반식은 달라. 너무 좋아…. 민주야! 너 스펀지밥 없어졌어." 민주의 한쪽 귀가 비어 있었다.

"아아! 아! 아아! 아까 편지 읽을 때 뺐는데. 통 속으로 들어갔나?" 민주가 머리를 싸매며 괴로워했다. 혹시 모른다며 우리는 모두 다 같이 다시 배 바위로 갔다. 배 바위와 배 바위 주변을 샅샅이 찾았지만, 이어폰은 보이지 않았다.

"구십 년대 사람이 무선 이어폰을 발견하게 된다면 어떨까?" 민주가 말했다.

"어리둥절할 것 같아." 시훈이 말했다.

"나 지금 완전 어리둥절. 우체통 저기에 있지 않았냐?" 민주가 손짓으로 가리킨 곳은 텅 빈자리였지만 분명 우체통이 있던 위치였다. 시훈을 보니 맞다는 듯 고개를 끄덕거리고 있었다.

"나 혼자 있었으면 착각한 줄 알았겠어." 민주가 어이없다는 표정을 지으며 말했다.

"생각났다!" 나는 재빨리 정자로 뛰어 올라갔다. 커다란 액자 속 수많은 사진에서 우체통이 찍힌 사진을 찾을 수 있었다. 양 갈래로 머리를 땋은 소녀와 머리에 수건을 두른 남자 사이에 우체통이 있었다. 우체통 뒤에는 양 볼에 보조개가 있는 남자가 웃으며 서 있었다.

"뭐가 생각났는데?" 뒤따라 정자에 올라온 민주와 시훈에게 사진 속 우체통을 손짓으로 가리켰다. 말하지 않아도 내가 무슨 말을 하는지 알아들은 시훈과 민주가 동시에 고개를 끄덕거렸다.

돌아오는 길에도 우리 셋은 줄줄이 떨어져 앉았다. 각자 생각을 정리할 시간이 필요했다. 되돌아가는 길이 어쩐지 훨씬 짧다는 생각을 하고 있을 때 뒤에 앉아 있던 시훈의 목소리가 들렸다.

"왜 그러는지 모르겠어. 올 때보다 갈 때가 시간이 더 적게 걸리는 느낌이 들거든."

"박 양반 가라사대 뇌가 설렁설렁 일하는 거제. 처음에는 빡씨게 하다가 낸중에는 한 번 해 봤신게 설렁설렁 넘어가는 거제."

시훈이 검색 결과를 읽어 줬다. 박 양반식에 어려움을 한 스푼 첨가한 설명인 것 같았다.

고고한 별지기 단톡 알림이 울렸다. 민주가 사진을 보내왔다. 자기 엄마, 아빠 자동차의 현재 모습이라는 설명이 있었다. 전에 봤던 종이 플래카드가 말끔하게 사라지고 없는 모습이었다.

★153

시훈 안 들켰어?

민주 엄청 떨렸고, 들켰어

혼났어?

민주 아니. 박 양반 씨가 봤는데 눈감아 줬어. 아빠가 누군지 잡히면 가만두지 않을 거라고 했는데 양반 씨가 자기는 못 봤다고 했어.

시훈 아빠는 이제 포기하신 거야?

민주 박 양반 씨가 한마디 하시더라. 종이 낭비하지 말고 아빠 이마에다 쓰라고.

주머니 속에 비닐이 있었다. 아침에 팔찌 비닐을 넣었던 게 생각났다. 위아래로 찢어진 스티커를 붙이자 '애도'라는 글자를 알아볼 수 있었다. 애도 팔찌. 이모의 팔찌는 주황색 내 팔찌는 노란색.

발굴장에서 토층을 봤다. 그냥 한데 뭉쳐 있는 덩어리 흙이 아니었다. 켜켜이 쌓아 올린 샌드위치의 내용물처럼 흙도 층위별로 다 달랐다. 날것의 흙이 나오면 비로소 그 피트의 발굴이 끝나는 것이라고 한다. 기억의 끝에 있을 뭔가가 두렵고 무섭다. 모른 채로 있을 것인지 아니면 닿기 위해 파고들 것인지. 아직은 잘 모르겠다.

# 7

식탁 위에 이모의 핸드폰이 놓여 있었다. 톡 알림이 울렸다. 검지를 갖다 대자 핸드폰 잠금이 해제됐다. 이모 핸드폰을 다시 내가 채우고 있다. 읽지 않은 톡이 하나 있었다. 읽을지 말지 고민하다 더블 클릭을 했다. 문지기님이 보내온 온 톡이었다.

문지
기님

> 용감한 토끼 토르 님! 우리가 겪은 죽음을 떠올릴 때, 미안한 마음보다는 슬퍼하는 마음이 더 커야 한다고 해요. 그 슬픔을 말해도 되고 그 사람을 맘껏 그리워해도 되고 함께 기억해도 돼요.

미안함보다는 슬픔이 커야 하는 우리가 같이 겪은  죽음이 뭘까 생각하고 있을 때 연달아 톡 알림이 울렸다. '문문문'이라는 이름의 단톡방에서였다. 이모는 대부분의 톡방을 무음으로 설정해 두는데 문지기님 톡과 문문문 단톡은 알림음 설정을 한 모양이었다.

새봄
> 고인을 기억할 수 있는 물건을 이용해 보는 것도 추천합니다.

러브
> 맞아요. 특히 소중하게 간직하고 있는 거라면 좋은 추억이 담겨 있을 거예요.

점프
> 여섯 살의 가나는 많은 기억을 간직하고 있을 거예요. 함께 한다면 울 일도 웃을 일도 많아져요. 혼자서 생각만 한다면 아무것도 변하지 않아요.

이모에게 스마트워치로 전화가 왔다.

"안 들어오고 왜 전화야?"

"김가나! 옷만 갈아입고 내려와!"

"어디 가게?"

"배 바위!"

"이 밤에?"

"궁금하지 않아? 물이 찬 저수지." 배 바위에 다녀온 날 밤부터 폭우가 쏟아져 길었던 가뭄이 끝났다고 했다.

"알았어."

이모는 좀 무거운 표정을 하고 차 앞에 서 있었다.

"토르도 같이 왔네."

"언제는 같이 안 갔나."

이모 차에 《슬픔의 방문》이 있었다. 내가 슬그머니 책을 옆으로 밀어낼 때 이모가 말했다.

"대출일이 다 돼서 반납하고 다시 빌려 왔어."

"그랬어? 시간이 없어서 아직 읽지 못하긴 했어."

"아버지가 자살했다."

"뭐라고?"

"《슬픔의 방문》 첫 문장이야." 이모 목소리가 떨리고 있었다.

"아! 그래? 모, 몰랐네." 태연한 척 말했지만, 왠지 모르게 심장이 불규칙하게 뛰었다. 그리고 기억 끝을 가로막고 있는 얇은 막이 찢어진 것 같은 느낌이 들었다. 배 바위에 도착할 때까지 이모와 나는 아무런 말도 하지 않았다.

시훈, 민주와 함께 왔던 정자 위에 이모와 올랐다. 그때와 달리 밤이라서 그런지 배 바위가 있는 곳이 쉽게 가늠되지 않았다. 어둠 속을 한참 응시했다. 배 바위의 끝부분만 물 밖으로 나와 있다는 것을 알아차렸다.

"허심허심하네." 이모에게 박 양반 할머니에 관해 말해 줬었는데 이모는 박 양반 할머니의 말이 재밌다고 했다.

"먹을 거 없는데."

"알지! 알지." 이모가 가방을 열더니 노트북을 꺼냈다.

"노트북은 왜?"

"뭐, 그냥. 뭘 좀 볼까 하고."

"39금은 안 돼. 이런 신성한 풍경 앞에서." 이모 목소리에서 심각함을 느꼈지만, 모른 척 장난스럽게 말했다.

"이모는, 이모는 말이야. 그동안 너를 슬픔으로부터 보호하고 있다고 생각했어. 그런데 생각해 보니 오히려 너를 슬픔의 방에 숨겨 두었던 거더라."

"그게 무슨 말이야?"

"그날 이영이가 그 안에 있는데 나는 그곳으로 한 발짝도 다가갈 수 없었어."

"어디? 어, 엄마가 어디에 있었다는 거야?"

"네 엄마가 마지막에 이모에게 보낸 문자에는 네 생일, 네 혈액형 그리고 네가 알레르기 일으키는 항생제 이름뿐이었어." 눈썹 위를 긁고 있었는지 이모가 내 손을 잡아 내리며 이어 말했다.

"네 엄마 거의 마지막엔 너를 지키지 못할까 봐 두려웠던 것 같아. 우리 같은 사람을 자살 생존자라고 부르더라. 자살자를 둔 가

족, 그 사람들에겐 삶이 어렵고도 어렵게 살아 내야 하는 일이라서
그렇대."

"사고, 사고였잖아."

"사고 아니었어. 이영이, 가나 네 엄마는 그러니까 자, 자살했어.
시간이 지나면 잊을 수 있을 것 같았는데 자조 모임에 나가면서
알게 됐어. 사랑하는 사람을 잃었다면 잊어야 하는 것이 아니라 자
꾸 생각하고 말하며 잊지 말아야 한다는 걸."

내 몸 위로 뭔가 와르르 부서져 내리는 것만 같았다. 내 기억이
숨어 버린 이유. 내가 도망쳐 나온 곳. 숨이 잘 쉬어지지 않았다.
이모가 나를 꼭 껴안고 등을 토닥거렸다. 한참이 지나서야 숨이 트
였다.

유치원에 가지 않는 날이 꽤 됐던 것 같다. 감기에 걸렸거나 배
탈이 났다는 이유였지만, 그때마다 나는 기침도 열도 없었고 배도
아프지 않았다. 아픈 곳은 다른 부분들이었다. 주로 보이지 않는
곳에 있는 수많은 멍과 상처.

부엌 놀이 장난감 칼을 들고 찍찍이로 붙어 있는 배추, 무, 당근,
사과를 써는 일은 재미가 없어진 지 오래였다. 칼질할 다른 무언가
가 필요했다. 손목. 엄마가 하는 걸 봤다. 칼질이 잦아질수록 손목
이 점점 빨개지며 아파 왔지만 괜찮았다. 아파도 재밌다는 생각을
할 때 내 몸이 확 밀쳐졌다. 피아노 의자 모서리에 이마를 부딪쳤
다. 고개를 드니 엄마가 주먹 쥔 손을 부들거리며 서 있는 것이 보

였다. 좌라락 소리를 내며 타일 바닥으로 구슬이 쏟아졌다. 엄마의 구슬 팔찌가 끊어졌다는 걸 알았다. 맞겠구나, 생각하며 눈을 질끈 감았다. 이마에서 눈 위로 서늘한 무언가가 흘러내렸다. 상처를 꿰매고 돌아오던 길, 갑자기 숨을 못 쉬었던 기억. 엄마의 등에 업혀 있던 내게 마른 등을 통해 고스란히 전해지던 힘에 부친 숨소리, 뜀박질 소리와 흔들림. 처음 듣는 얘기라는 듯 항생제 알레르기에 관해 되묻는 울먹이는 목소리.

이마의 상처가 아물어 실밥을 풀고 온 날, 밤이 돼서 밖이 어두운 줄 알았는데 사실은 눈이 내려서 어두운 것이었다. 엄마는 베란다 난간에 허리를 걸치고 서 있었다. 하얀 연기, 빨간색 불빛이 보이지 않아 엄마가 담배를 피우지 않고 있다는 것을 눈치챘다. 베란다 엄마 자리에서 담배를 피우지 않는 엄마는 조금 이상했다.

조각 하나를 잃어버려 완성할 수 없는 퍼즐을 어떻게든 맞추려 하고 있을 때 엄마가 "가나야!" 하고 불렀다. 나는 엄마를 쳐다보지 않았다. 엄마가 "재밌나 보네"라고 말했다. "미안해!" 엄마 목소리가 들렸다. 때린 다음에 늘 엄마가 하는 말이었다. 하지만 때리지 않았는데도 엄마가 미안하다고 말했다. 엄마 목소리가 더는 들려오지 않았다. 창문에 매달려 있는 흰색 시폰 커튼이 바람에 붕 떠올랐지만, 엄마는 그 자리에 없었다. 엄마가 사라졌다.

"엄마는 나를 사랑하긴 한 걸까? 여섯 살밖에 안 된 어린아이를 두고 죽고 싶다는 생각을 어떻게 해? 엄마잖아. 엄마인데 어떻게 그래?"

"죽고 싶은 것이 아니라 살고 싶지 않은 것이래. 죽고 싶은 것이 아니라."

죽고 싶은 것과 살고 싶지 않은 것. 아무리 생각해도 뭐가 다른지 알 수 없다. 이모가 노트북을 켰다. 흰색 화살표 커서가 화면 위를 조용히 날아다닌다. 꿀을 찾아 꽃을 옮겨 다니는 나비 같다. 흰색 화살표 커서가 멈춘 곳은 심리 부검이라고 쓰여 있는 파일. 딸깍! 딸깍! 마우스 누르는 소리는 밖인데도 유독 크게 들렸다.

"심리 부검이란 자살자 주변 사람들과의 인터뷰를 통해 자살자가 자살에 이른 이유를 알아내 남아 있는 사람들이 죽음을 잘 받아들이고 또 다른 자살을 예방할 수 있도록 하는 것이야."

우리는 영상 몇 개를 연달아서 봤다.

영상에 등장하는 대부분의 사람은 처음에는 미움, 원망, 우울, 불안, 초조, 불면, 자책, 비난 등의 온갖 부정적인 단어들만 머릿속에 떠올렸다. 하지만 자살자의 하루하루를 되짚는 동안 그리움, 지지, 맞장구, 미소, 향기, 농담, 웃음, 이해 등 잃어버렸던 단어들을 서서히 찾아가기 시작했다. '죽고 싶다'가 아닌 '살고 싶지 않다'는 말 속에 얼마나 많은 마음이 있는지 조금은 알 것도 같았다.

"엄마는 어떤 사람이었어?"

"이영이랑 어떤 일이 있었냐면, 약속을 했는데 두 시간이 지나도록 오지 않는 거야. 전화는 받지도 않으면서 지금 가고 있다는 문자만 보내고. 그날 이영이가 왜 늦은 줄 알아? 버스 옆자리 앉은 여자가 울고 있더래. 울고 있는 여자를 두고 내릴 수가 없더래. 그래서 그 여자가 버스에서 내릴 때까지 기다리다가 결국 종점에서 같이 내렸대. 그 여자가 내린 곳이기도 했고 울음을 멈추기도 했고."

"엄마 완전 엉뚱했네. 나 생각났어. 토르, 엄마가 만들어 준 거야. 이건 엄마의 ㅇ, 가나의 ㄱㄴ, 이영의 ㅇ. 엄마 이영이 가나를 꼭 안고 있다는 뜻이라고 했어."

"엄마가 밉고 싫은 기억만 네게 남아 있을까 봐 너랑 대화하는 게 두려웠던 것 같아. 네가 사랑받지 못했다는 생각만 할까 봐도 두려웠고. 그렇다면 차라리 네가 엄마에 관해 아무것도 기억하지 않는 편이 좋을 것 같았어."

"슬프잖아. 나까지 엄마를 잊어버리는 건. 내가 기억하지 못하면, 엄마는 없었던 사람이 되고 말잖아."

"내 조카 언제 이렇게 다 컸다니? 김이영! 샘통이다. 너 이렇게 예쁜 딸 못 봐서 어쩌냐? 야! 야!" 이모가 더 참지 못하고 '꺽! 꺽!' 소리 내서 울었다.

엄마가 땀에 젖은 내 머리칼을 위로 쓸어 올려 줄 때의 눈빛과 겨울날 장갑을 끼지 않아 빨갛게 변한 내 손을 감싸 쥐었던 순간. 하얗고 거대한 토르를 안겨 주며 했던 말들. 마음껏 웃다가 엄마 눈 속에서 웃는 나를 발견했을 때의 기쁨을 그동안 잊고 있었다.

울음이 터졌다.

"저수지 물이 불어난 것 같지 않아?" 이모가 코를 훌쩍이며 말했다.

"뭐래? 비도 그쳤는데."

"우리 가나가 눈물을 좀 많이 흘렸어야 말이지. 울고 나니 쌀쌀한 것 같다. 차에서 담요 가져올게." 이모가 말했다.

카톡 알림이 울렸다. 고고한 별지기 단톡에 민주가 방금 업데이트된 '고고학 다이브' 유튜브 영상을 공유했다. 민주가 보내온 링크를 열었다. 화면이 뿌옇게 보였다. 눈을 깜박였지만, 눈물이 멈추지 않았다.

"이건 정촌 고분에서 출토된 인골이며 이걸 토대로 복원한 여성입니다." 화면에 화려한 비단옷을 입고 살집이 있는 여자의 3D 영상이 뜨고 쥔장의 목소리가 들렸다.

"인골 분석 결과 사십 대, 신장은 146센티미터의 여성으로 추정됩니다. 아주 아름다운 금동 신발을 신고 있었는데, 신발 안에 발꿈치뼈가 남아 있었습니다. 그리고 뼈에서는 검정파릿과 파리 껍데기가 수습됐어요. 검정파리는 구시월에 가장 왕성하게 활동해서 이 여성의 사망 시점도 이와 비슷할 것으로 추정할 수 있어요. 파리가 알에서 번데기가 되는 데 평균 엿새 정도 소요된다는 사실을 고려하면 이 여성은 사후 최소 엿새 정도 외부에 빈장 상태로 있었던 것 같아요. 같이 출토된 섬유는 비단으로 밝혀졌어요. 의복 등으로 미루어 상류층 여성으로 짐작되며 영양 상태가 좋았을 것으로 추정할 수 있어 통통한 모습으로 복원됐습니다."

자료 화면이 사라지고 지금까지 한 번도 얼굴을 보이지 않던 쿼장 유노우가 얼굴을 드러냈다.

"이건 불가사의라고 생각해요. 카메라가 담고 있는 이 모든 것은 1990년 유월에 받은 것입니다. 당시에는 쪽지에 쓰여 있는 내용을 보며 누군가 장난을 친 것이라고 생각했어요. 유튜브가 뭔지도 몰랐고 무선 이어폰이 이어폰인 줄도 몰랐고요. 물론 고고학 다이브에 대해서도 전혀 몰랐지요."

카메라가 과자 통과 쪽지 접기 선이 선명한 종이, 흰색 이어폰 하나를 비췄다. 쿼장 유노우는 종이를 펼쳤다. 작고 삐뚤거려 치열이 고르지 못한 이 같다고 생각한 시훈의 글씨체가 보였다. 이어폰은 스펀지밥 스티커가 붙어 있는 민주의 것이었다.

시훈이 넣은 왕경태 십자수 열쇠고리와 나의 노란색 애도 팔찌는 보이지 않았다. 누구에게 닿았을지 알 것 같았다.


제가 즐겨 보는 유튜브는 고고학 다이브예요.

인골 연구를 하는 고고학자가 운영하고 있어요.

두 분은 달을 보며 착한 소원을 비셨나요?

오색찬란한 무지개 물고기를 다시 보셨나요?

두 분은 만나셨나요?

두 분은 여전히 사랑을 하고 계신가요?

두 분은 행복한 게이 커플로 나이 들고 있나요?


"노엘 씨 답해 보시죠?"

"예스입니다."

대답한 남자가 웃자 양 볼에 동그랗고 깊은 보조개가 생겼다.

"어! 문문문 문지기님과 남편분인데." 담요를 가지고 온 이모 얼굴에는 여전히 울었던 흔적이 고스란히 남아 있었다.

"사월에 내리는 눈 카페를 이분들이 하신다는 말이야?" 겨우 말을 마쳤다. 눈물이 멈추지 않았다. 이모가 수건을 내밀었다. 수건은 이모 눈물로 이미 축축했다.

"웅! 청소년 성 소수자 아이가 자살한 성 소수자 친구에 이어 자살하게 된 것을 알고 문문문 자조 모임을 시작하게 된 거래. 남편분은 퇴직하고 문지기님 일 도와주고 있고." 울먹이며 말을 이어가는 이모에게 수건을 내밀었다.

"코 풀었냐?"

"이모야말로 코 푼 거 아니야?"

단톡에 시훈이 노엘라 작가님 인터뷰라며 '하하호호'라는 유튜브 채널을 공유했다. 인터뷰이로 나선 작가님 얼굴과 이름은 공개돼 있었고 인터뷰어로 나선 청소년 기자 얼굴은 모자이크 처리돼 이름도 가명이었다. 이렇게 한 이유는 청소년 기자는 비공개 동성애자이기 때문이라고 시훈이 말해 줬다. 인터뷰어가 작가님은 언제부터 작가가 되고 싶었던 거냐고 물었다. 작가님은 어렸을 때 속담 박사라는 별명을 가지고 있었는데 그땐 그냥 말을 잘하는 사람이 될 것 같았고 좀 더 커서는 말을 잘 들어 주는 사람이 되고 싶었다고. 소원을 들어준다는 무지개 물고기가 상상 속에만 존재하는 것이 아님을 알게 된 뒤엔 계속 무지개 물고기가 되려 노력하고 있다고 말했다. 무지개 물고기는 모두가 될 수 있는 것이라는 이야기도 덧붙였다.

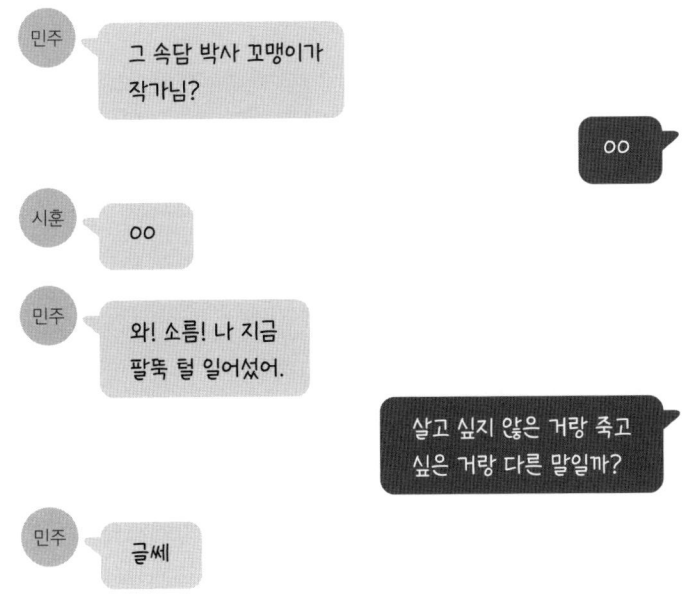

민주 그 속담 박사 꼬맹이가 작가님?

ㅇㅇ

시훈 ㅇㅇ

민주 와! 소름! 나 지금 팔뚝 털 일어섰어.

살고 싶지 않은 거랑 죽고 싶은 거랑 다른 말일까?

민주 글쎄

시훈　글쎄

내가 보낸 링크 확인해 줘.

나는 '이렇게 해 주세요'라는, 문문문 자조 모임에서 제작한 유튜브 영상을 공유했다. 여기에서는 자살 생존자들에게 위로와 치유를 주는 대화나 행동들을 알려 주고 있었다.

민주　우리 만날래?

나 지금 이모랑 배 바위.
한 시간 뒤에 만나

시훈　둑길에서

민주가 나를 보자마자 안았다. 박 양반 할머니가 나를 보면 꼭 안아 주라고 말했다며.

"잘은 모르겠지만 말이야. 살고 싶지 않은 마음과 죽고 싶은 마음은 완전히 다른 것 같아. 죽고 싶은 마음에는 하나의 마음만이 존재하는 것 같지만 살고 싶지 않은 마음에는 여러 마음이 있는 것 같다는 생각이 들었어." 시훈과 눈이 마주쳤다. 시훈의 눈이 젖어 있었다.

"가나 엄마는 어떤 분이셨어?" 민주가 물었다.

"내가 지칠 때까지 나랑 잘 놀아 주는 엄마. 엄마랑 했던 인디언 놀이가 생각나. 정전됐던 날이었나 봐. 집 안에 있는 양초를 한데 모아 불을 켰어. 캠프파이어 불 같더라. 인디언 모자도 쓰고 지팡이도 들고, 춤을 추면서 불 주위를 뱅글뱅글 돌았어. 내가 그만하자고 할 때까지 몇 번이고 해 줬어."

"호묵허게 흡족허게 놀아 주는 엄마셨네. 시훈이 너는?" 민주가 시훈에게 물었다. 시훈이 잠긴 목소리로 말했다.

"대체로 최선을 다해 놀아 주신 것 같아."

"그래서 우리 가나, 시훈이 성격이 이리 좋은가?" 민주가 박력 있게 어깨동무했다.

"민주 너는 어땠어?"

"우리 엄만 한 번 해 주고 이제 됐지? 그랬지. 내가 욕구 불만으로 인성 파탄 안 난 건 할머니 덕분이야. 할머니가 호묵허게 흡족허게 놀아 줬거든. 그런데 표정이 안 좋다. 너희 둘, 혹시 내 성격 안 좋다고 생각하는 거냐?"

"나는 모르겠다. 가나 네가 대신 대답해 줘라." 시훈이 둑길을 내달렸다.

"야! 멈춰!" 민주가 씩씩거리며 시훈 뒤를 쫓아 달린다.

하늘에 떠 있는 멜론 조각 같은 달도 달린다.

기억 끝에서 엄마가 기다리고 있다는 것을 안다.

"구방심!" 크게 외치며 힘껏 달려 나갔다. 두려움 없이 엄마를 향해 힘껏 달려간다.

학생회관 앞에서 1인 피켓 시위를 하던 P. 무심하게 지나치기만
했던 나.

계절은 늦가을에서 초겨울로 바뀌고 그의 시간은 스물한 살에
멈췄다. 부끄러움과 미안함, 비겁함을 어렸다는 변명으로 꽁꽁 싸
매 기억 깊은 곳에 꾸겨 넣고 말았다.

B는 남성에서 여성으로 성전환한 군인이었다. 끝까지 군인이기
를 원했던 그녀의 시간은 스물두 살에 멈췄다.

Y는 자기보다 나이가 많다는 이유만으로 같은 아파트에 사는
내게 웃으며 먼저 인사를 건네는 서른 살 청년이었다.

아무것도 하지 않았던 스무 살의 나는 시간이 흘러도 여전히 아
무것도 하지 않는 사람이 됐다는 것을 알았다. 오히려 노회해 염치
를 모르는 나는 그들 뒤에서 등 떠미는 시선과 모자란 말들을 쏟

아 냈을지도 모른다. 몰랐다는 변명에 기대어.

　내 시간이 흐르는 건 그저 나 때문이라고 생각했습니다. 시간을 멈춘 그들 몫은 한 꼬집도 없다고 생각했습니다. 얼마나 미련스러운 생각이었는지 알게 됐습니다.

　오롯한 '나'로 존재하는 여러분에게 여러 계절을 지나며 오래도록 인사를 건네고 싶습니다. 여러분이 무사했으면 좋겠습니다. 여러분의 시간이 멈춤 없이 흐르기를 바랍니다. 흐르는 시간 속을 여러분이 고고하게 걷기를 바라요.

　여러분 곁에는 많은 가나, 시훈, 민주, 일영 이모가 있다는 것을 부디 기억해 주세요. 많은 또 다른 P와 B, 그리고 이영의 시간이 멈춤 없이 계속 흐를 수 있게 주저하지 말아요.

　아무것도 아닐 뻔한 글을 무언가 되게 해 주신 건 다 여러분 덕분입니다.

　못난 마음을 적은 편지를 전달할 수 있게 해 주신 서해문집 편집부에 머리 숙여 감사함을 전합니다. 특히 저에게 배 바위 우체통이 돼 주신 김종훈 편집장님 정말로 감사합니다.

시간, 인간, 공간의 공감을 외면하지 않기를
김한아